しあわせ
しりとり

益田ミリ

まえがき

しりとりには人生が出る。

たとえば「しりとり」の「り」からはじまるしりとり。りんごが大好物！　という人が真っ先に「りんご」を思い浮かべるとは限らない。そこん家《ち》にかわいい赤ちゃんがいる場合、「りにゅうしょく」と答えるかもしれない。

しりとりには人柄も出る。

しりとりで負ける人が好きだ。「めろん」と言いかけて、「ん」で終わることに途中で気づき変更しようとしたものの、結局「めろんぱん」で負けてしまったオトナをわたしは知っている。おおらかだ。素敵すぎる。しりとりで負けないうちは人間まだまだという気さえする。

ところで、この本の編集者がなにかを成し遂《と》げたようだ。各エッセイのタイトルをしりとりで繋《つな》げることに成功したのだという。本当だ。よく見るとしりとりになっていた。

益田ミリ

しあわせしりとり　目次

2

3

4

5

1

しりとり散歩

友人らとしりとりをしながら歩いた。

しあわせなものしか言ってはいけない、名づけて「しあわせしりとり」である。

いろいろ出てきた。

「すいか」

と言った人もいた。

「すいかにまつわる思い出がしあわせなんだよねぇ」

みなでうなずく。

すいかのあとは、「かめんぶとうかい」ときた。

「いいねぇ、招待されたことないけど楽しそうだねぇ、しあわせだ」

「い」の次がなんだったのかは忘れたが、その後、めりーごーらんど、どなるどだっく、くりすます、としあわせしりとりはつづき、この先の公園の桜がきれいだから寄っていこうよと、さらに歩いた。

いやな予感がした。

予感は的中した。

「ほら、事件現場が見えてきたよ」

ひとりの男性が言った。

事件現場。

それは、とあるファミレスだった。もうずいぶん昔のできごとである。

ファミレスは駐車場の上にあった。あの夜、食事を済ませて店を出たあと、わたしは、ふざけて外の手すりにうつぶせにまたがり、お尻から勢いよく一階まで滑り降りたのだった。手すりの最後に、飾りの突起物があるのには気づかなかった。わたしはそこで股間を強打し地面にうずくまった。絶対になにかが割れた！ と思ったが、大丈夫だった。

そんな事件現場を抜け、夜桜を見にいく。

満開の桜の木は、月夜の下、もりもりと大きくふくらんで見えた。

思い思いに散らばって眺める。

しあわせしりとりの言葉はいろいろだった。

しあわせのかたちもいろいろなのだと思う。

「めりーごーらんど」の前の「め」で終わった言葉はなんだったっけかな？

翌日、仕事机の前で考えた。思い出して笑う。

「いいねぇ、ほっこりするねぇ、存在がしあわせだわ」

「しあわせ、しあわせ」

すんなりと受け入れられていた「めりーごーらんど」の前の言葉は「かめ」であった。

ゼッタイナニカワレタ

「ほんと。全部が夢みたい」

新宿でお笑いライブを見た帰り、

「まだ早いし、九段下の夜桜を見に行こうよ」

ということになった。いいね、いいねと、女四人、地下鉄の乗り場へ。

電車が到着し、ドアが開いた。車内にはほどほどの空席があった。わたしたちは無言でパパッと四方へ散った。別に並んで座らなくてもいいよね〜という大人の暗黙のルールがいい感じである。

目的地に到着するまで、おのおののメールをチェックしたり、うつらうつらしたり。自分の肩を揉《も》んでいたのはわたしである。同じ車両にいる人々には、われら四人が友だちであることはわかるまい。

降車駅に着くと、再び結集する。

「ね、どの漫才が一番好きだった？」

「わたし、麒麟《きりん》！」

「わたしも！」

舞台の話で盛り上がりつつ、長い階段にハーハー。ようやく地上にたどり着くと、満開の桜に出迎えられた。

「わっ、きれい！」

それ以外の言葉が必要ないほどの夜桜である。

ライトアップされた桜並木をそぞろ歩く。風もなく、暖かだった。桜の合間から月が見え隠れしていた。

友のひとりが言う。

「綿あめ食べたい」

すれ違った女の子が食べていたのを「いいなぁ」とわたしも見ていたところだったので、食べよう、食べようと屋台にむかった。

店先に並ぶ、アニメのキャラクターの袋に入った綿あめ。子供の頃、中身はみんな同じ味だと親に言われたがわたしはずいぶん長くそれを疑っていた。全部買ったこともないのになぜそれがわかるのだ。

大人四人でひと袋の綿あめを買い、むしりながら食べた。口に入れるとあっという間に溶けてなくなった。

「はかないお菓子だねぇ」

「ほんと。全部が夢みたい」

口に出して言うと、なんだか寂しい気持ちになり、けれど、その寂しさがちょっと心地いい春の夜のお出かけなのであった。

綿あめって
白いこねこが
まるまっているみたい

一キロダイエット

「三キロやせようと思うから大変なのであって、まずは一キロやせるのを目標にすればいいんだよ」

と、わが友が言った。

なるほど、確かにそのとおりだとわたしは思い、まずは一キロ減量作戦に打って出ることにした。

などと原稿に書くと、ときどきダイエット企画の話が浮上するのであった。よく雑誌で見かける「開始前・開始後」の写真をともなうアレである。

そのような企画は、まず担当編集者を介してやってくる。たいていアワアワしている風のメールだ。

「全然、マスダさん太ってないと思うんですけれど、他部署から取り次いでほしいと言われまして……」

気をつかわせて肩身が狭い。そして、「太ってないと思うんですけれど」と、「やせているんと思うんですけれど」の間には、アマゾン川くらいぶっとい川が流れているんだろうなぁなどと遠い目になるのだった。

ダイエット企画のなにが嫌かといえばピタピタの服である。あの手のものを着て写真に撮られてもいいという寛大さがわたしには微塵《みじん》もないのであった。

そもそも、太さ細さの問題ではない。太さ細さも問題といえば問題だが、わたしにとっては距離の問題であった。あんなピタピタ服だと、自分の胴が長いのが一目瞭然《いちもくりょうぜん》。細くなり、なおかつ胴体も縮むという企画ならばやぶさかではないが、なにをやったところでわたしの胴は長いままなのである。

とはいえ、雑誌のダイエット特集は好きなのだ。一カ月でウエストマイナス五センチになった人の写真を食い入るように眺め、そう遠くない未来に試してみようと毎度、心に誓っている。

さて、わが友おすすめの一キロダイエットである。

一キロといえば、一リットルの牛乳パックおよそ一本分。手にしてみれば、結構なボリュームだ。

わたしのスマホには「実物換算」というアプリが入っている。自分の体重を入力すると、ナニが何個分というのが計算されて出てくる。ちなみに、現在のわたしの体重を一〇円玉に換算してみたところ一万二八八八・九個分と同じ重さで、バスケットボールなら九六・七個分とのことだった。わかっている。どーでもいい情報である。

友のアドバイス通り、まずは夕食を軽めにしてみた。間食も控えめに。日常生活の中で取り入れられる運動もはじめた。出先から家に帰るとき、一駅、二駅歩くという戦術である。

久しぶりの道を進めば、新しいレストランがちらほらできていた。店先のメニューをさりげなく確認しつつ歩く。料理名からその料理を想像するのは楽しい。おいしそうだなぁ、と思っているときのわたしの表情はどのくらいマヌケなのだろうか……。

一キロダイエットは拍子抜けするくらい簡単だった。一週間もかからなかった。たとえ一キロでも、目標を達成した満足感が得られた。人生において目標はたやすく達成できぬもの。貴重な体験だ。

早速、この方法を伝授してくれた友に報告したところ、

「一キロやせたら、またそこから一キロやせればいいんだよ」

という目の覚めるようなアドバイスが。

わたしはその友に聞いた。

「ちなみに、それで最終的に何キロやせた？」

友は落ち着いた声で言った。

「一キロならすぐにやせられることがわかったから、もうよいのだ」

トウモロコシの記憶

夜。布団に入ってから、ときどき自問する。

今、一番食べたいものは?

食べたいものはいつも同じだ。焼きそばである。それも、屋台のソース焼きそば。

寝る前はたいていおなかが空《す》いているので、味の濃いものが欲しい。

ああ、食べたい、焼きそば食べたい。

そう思いながら眠りにつく。

屋台といえば、忘れられない思い出がある。家族そろって遊園地に行った帰り道のことだ。わたしは一〇歳くらいだったと思う。

夜道に、焼きトウモロコシの屋台が出ていた。しょう油の香ばしい匂い。おいしそうだなぁ、食べたいなぁ。通りすぎたあとも、あきらめきれなかった。

その日は父も一緒だった。出張が多く、ほとんど家にいなかった父である。父は気前よくお金をくれた。わたしは、ひとり走って買いに戻った。スキップしたいような気持ちだった。

屋台のおいしそうな焼きトウモロコシ。おじさんにお金を渡すと、すぐに一本、ビニール袋に入れてくれた。

手渡されたのは、端のほうで黒こげになっているやつだった。おまけに冷たかった。大人のお姉さんたちは熱々で黄色いのを受け取っているというのに、わたしのは黒こげのひんやりトウモロコシ。文句を言わなさそうな客に出すつもりでよけていたにちがいない。遠くから黒こげ目がけて走ってきたカモ、いや子ガモ、それがわたしであった。

わたしのトウモロコシを見た父は、

「こげとるなぁ」

と笑った。

やはり、そうか。黒こげなのか。

それほどでもないのかも？　淡い期待を胸に家族のもとへと駆け寄ったのに一刀両断。お父さん、言わないでくれたほうがよかったよ……。不当な扱いを受けてきたことがバレてわたしは恥ずかしくなった。そのトウモロコシを食べたかどうかまでは記憶にないが、大人にさえなれば、こんな目にあわないのだろうと思ったのは覚えている。

大人になったわたしは考える。大人にさえなれば、と思っていたが、あの夜と同じように無下《むげ》に扱われることがなくなったといえるのだろうか。おいしい焼きそば食べたいと眠る夜もあれば、くやしさで、もんもんとする夜もある。

クイズ「アタック25」を見ていたら

テレビを見ていたら、自分が「答え」になっていて驚いたことがある。おなじみのクイズ番組・パネルクイズ「アタック25」だ。くわしい問題内容は忘れてしまったが、

「さて、この作者は誰でしょう?」

明らかにわたしのことだ……。

「答え」になっている身としてはハラハラした。回答者は四人いる。誰ひとりボタンを押してくれないのも寂しいが、答えが違っている場合もまた寂しい。とはいえ自分が誰と間違えられるのか、という興味もなくはない。ほんの数秒でも、人間はいろんなことを考えられるのである。

「マスダミリ!」

確か、右端の席に座っていた女性が、正解した。ホッとした。そしてドッと疲れた。

つい最近、朝日新聞の「天声人語」の中に自分の名前を発見したときもまた驚いた。不思議なもので、たくさんの文字が並んでいる新聞であっても、自分の名前というのは浮き上がって見えるのである。わたしのエッセイの短い引用だったのだが、五回くらい読み返してしまった。

わたしは、空想する。会ったこともない、「天声人語」を書いている人のこと。

その人は、当たり前だが、朝日新聞の社屋にいる。どこにいるのか。秘密の部屋である。最上階の廊下の突き当たりに置かれた観葉植物。その後ろに隠されている扉を開くと、天窓《てんまど》の付いた、小さいが明るい部屋がある。床には芝生が敷《し》かれ、ハンモックがかかっている。そこで静かに揺られているのが「天声人語」の人である。涼やかな麻《あさ》のシャツをまとい、目を閉じて思いをめぐらせている。

「さて、今日は、なにを書こうか」

子供の頃は、大人も空想をするなんて考えてもいなかった。子供だけが持っている「特権」のように思っていた。

しかし、空想には年齢制限がない。そしてそれは、どんな力によっても奪われることのない貴重品であることに間違いなかった。

ここは、もしや

ラッコみたいにぷっかりと

ゆらゆらと水に浮かびながら空をながめることができたら、どんなに気持ちがいいだろう。

背面で水に浮かぶのは子供の頃からの憧《あこが》れであった。カナヅチではない。一応、泳げる。しかし、背泳ぎに関してはあきらめていた。いくらやっても、からだ全体が水に沈んでしまうし、あのような体勢で浮けることのほうが珍妙であった。

自力ではもう無理なのだ。だから、「死海」に想いを馳《は》せていた。外国には、塩分濃度がめちゃくちゃ高い死海という湖があり、人間が簡単に水に浮くのだとテレビで観たことがある。

あるとき、死海に行ったという人に会った。

「ね、ね、浮いた？　浮かびながら新聞読めた？」

わたしは、まとわりついて質問攻めにした。本当に軽々と浮くのか？　それは新聞が余裕で読めるほどなのか？　ひょっとして、寝ようと思えば寝られるのか？　新聞を読むのは可能だが、睡眠まではムリらしい。追加情報としては、傷口でもあろうものならヒリヒリしてたまったもんじゃないとのこと。死海に行く前にはケガは禁物である。

ああ、浮いてみたい。水面という捉えどころのない布団に寝転んでみたい。そうは言っても、おいそれと死海になど行けるわけもない。

しかし、この夏、わたしは日本のプールで浮いたのだった。

友人たちと区民プールへ出かけたところ、

「え、背面で浮きたい？　教えてあげる」

友に背中を支えられ、レッスン開始、三分後。わたしはプールにぷっかりと浮かびながら夕暮れの空をながめていたのである。コツさえつかめば簡単だった。後頭部を下げ、腰をぐいっと上げるだけ。

一緒にきた友人たちからひとり離れ、わたしは、もう、ひたすら浮いていた。

「よかったね、浮けて」

みなも、そうっとしておいてくれた。子供の頃の夢がたった今叶《かな》った人。それがわたしであった。

夜の色に塗り変わっていく夏の空。日焼けしたくないから、われら、中年のプールは、毎年、夕方集合だった。

中学生グループが飛ばして遊んでいるビーチボールが、水面を漂っているわたしの上を何度も横切っていった。

飛ばせ、飛ばすがいい。

ひたすら浮いてるヘンな大人がいるヨ……と彼らに思われていたかもしれないが、かまやしないのである。

友だちにも言わなかった遊び

布団の中で子供の頃によくやった遊びがある。

自分が寝ている位置を逆転させる、というわたしが考案した遊びである。想像するのだ。

今は、壁の方向に頭があり、足元にはクローゼットがある。それを、頭の方向にクローゼットがある、とイメージしてみるのだ。

まぶたを閉じたまま、できるだけ細かく逆転した部屋の様子を思い浮かべる。こっちが頭になったんだから、天井の見え方はこんな感じだな。窓は右側に変わっているし、壁の掛け時計は左側。

逆になった部屋が頭の中ですっかり完成したところで、パッと目を開くと、

「わ、部屋がさかさまになってる!」

本当は元のままなのに、ちょっと不思議な感覚が味わえるのだった。

わたしはこの遊びを子供の頃に考えて「すごい！」と思ったのだけれど、わかってもらえそうにないので、家族にも友だちにも黙っていた。

小鳥に見える落ち葉があった。あれはなんという木の葉だったのか。実家の近所にたくさん植えられていた。大きかった印象があるのだが、自分が子供だったからそう見えた可能性もある。

その木の落ち葉は立体的だった。ツグミほどの大きさの鳥が地面に舞い降りた姿とでもいおうか。わたしは心の中で「落ち葉の小鳥」と呼んでいた。落ち葉の小鳥が歩道一面に落ちている様子は、にぎやかな集会のようでたいそうかわいらしかった。

子供はときに残酷である。わたしはその落ち葉の小鳥たちを踏みつけてまわることもあった。悪いヤツという設定にしていたのならまだしも、彼らにまったく非はなかった。それを、えいっ、えいっ、と踏みつけてぺしゃんこにしておもしろがっていたのである。

一転、あるときは、落ち葉の小鳥たちに優しく接した。

車に踏みつぶされてはかわいそう……。

落ち葉の小鳥を一羽一羽拾い上げ、道の両端に避難させた。それを見た通りがかりの近所のおばちゃんに、

「掃除してくれてんの？　ありがとう」

と、言われた瞬間から、わたしは町内の掃除をすすんでしている子となり、それはそれで盛り上がった。

布団の中で反対になる遊びの話に戻れば、大人になってやってみると、あの頃よりうまくいった。想像する力がついていて、やけにリアルなのであった。

ぴしゅーっとした道を抜け、パン

遅い朝食を終え、コーヒーを飲みつつ窓の外を見る。

薄曇りの空だ。昼からは雨が降るのかもしれない。

玄関には、クリーニングに出しそびれている服が数日前から紙袋に入って置かれている。今のうちにクリーニング屋に行ってくるか。ついでに三時のおやつのパンも買ってこよう。

パンといえば、そうだ、パンジーも買おう。夏祭りで買った名前の知らない赤い花が玄関先で枯れかけているのだった。

自転車にまたがり、ゆっくりと走り出す。

自転車の最初のひと漕《こ》ぎには、いつもナニかを感じる。大げさにいえば宇宙である。ふたつの車輪で地上を転がっていくこの現状。からだは浮いているのだから、ちょっとした空中遊泳ではないか。

わたしは自転車に乗れるようになるのが遅い子供だった。幼なじみたちが次々と補助輪を外していくのを、団地の物陰から見ていた。

ある日、わたしは決意した。今日こそ補助輪を外そう。母が一緒に行くというのを制し、ひとりで近所の自転車屋に出向いて補助輪を取ってもらった。補助輪が取れただけで、子供用の赤い自転車が急にお姉さんっぽく見えたものである。

わたしが憧れていたのは、当時のアイドル・天地真理《あまちまり》のまりちゃん自転車だった。前カゴにまりちゃんの顔写真が張り付いており、冷静に考えるとすごい自転車なのだが、わたしはこれが欲しくて欲しくてたまらなかった。車体にはシンデレラ城のような絵が描かれて、たいそうロマンチックだった。あいにく、近所の自転車屋には売っておらず、赤い自転車とあいなった。

自転車屋で補助輪を取った日。当然、帰りは手押しである。途中、クラスメイトの男子ふたりと遭遇《そうぐう》した。最悪である。

「なんで自転車押してんねん」

「乗られへんのちゃうん？」

図星《ずぼし》であったがテキトーな嘘をついて彼らと別れたのを覚えている。考えられる嘘は「足が痛い」である。

家に帰ると、母をコーチに自転車の特訓がはじまった。

こんなもの本当に乗れるの？

絶望したあのときの気持ちは正《ただ》しい。乗りこなしている今でも不思議なのだから。

さて、大人用の自転車にまたがったわたしは、クリーニング屋へとすいすい前進した。花粉症のせいで春を楽しめないぶん、秋は胸いっぱいに風を吸い込む。

広々と、自由な心だ。

家から駅前の商店街までに、好きな道がある。バスも通らぬ細い通りなのだが、地図にぴしゅーっと定規で線をひいたみたいな道。

そういえば、先日、大阪の実家に戻ったとき、昔、好きだった道を通った。最寄り駅からタクシーで家までふた通りのルートがある。運転手に一任するとたいてい大きなバス通りになるのだが、この前はそちらではない道を選ぶ運転手だった。堤防の坂を越えるコースだ。わたしの高校時代の通学路でもある。

雨の日も風の日も、自転車で通った道。学校まで三〇分近くかかった。帰りは、仲

2011

みり

良し五人組でいろんなものを買い食いしつつ帰った。堤防をのぼりきったときに見渡せる景色が好きだった。住宅街のむこうに山が見え、

わたしには未来がある！

わけもなく、強い気持ちになったものである。

今でもそんな気持ちになることがある。自転車で気持ちのいい風を受けているときなど、特に。

ぴしゅーっとした好きな道を抜け、クリーニングを出してパンを買い、紫のパンジーを二株買った。予定にはなかったけど和菓子屋で団子も買い、家に帰った。

「ん」の入る言葉は？

学校の勉強の中で一番楽しかったのは、間違いなく「ひらがな」である。国語の時間がいつも待ち遠しかった。

小学校一年生。

クラスの児童のほとんどが、自分の名前に使うひらがなを知っている程度。それでじゅうぶんという時代だった。

先生が、黒板にゆーっくりとひらがなのお手本を書いてくれた。

ほら、ここはこーんなふうにまがって、最後はくるん。な、みんな、おもしろいだろう？それが本当におもしろそうで、先生はいいなぁ、黒板にあんなに大きく字が書けて、とうらやましかった。

わたしには、ひらがなにも性格があるように思えた。

「あ」の行はきちんとしている。勉強ができて、なんでも一番の人々だ。「か」の行は、元気がある。かくかくしていて力持ち。一転、「さ」の行は、おとなしくて、おしとやか。色にたとえるなら、きれいな水色。さしすせそ、という響きも水の流れのようではないか。ちょっと憧れのグループだった。

けれど、一番すばらしいのは「ま」行の人々である。どの行よりも優しく見えたのは、むろん、自分の名字が「ま」ではじまるせいである。まみむめも。全体的に丸みがあってかわいらしい。自慢でならなかったが、誰にも自慢はしなかった。

クラスメイトの名前の一文字を習うとき、ああ、これが「わだくん」の「わ」なんだなぁと親しみがわいたものだ。耳で聞こえている言葉が、あるいは普段、口にしている言葉が、こんなふうに文字になって目で見られることが不思議だった。

習ったひらがなを使って、言葉を書いてくる宿題があった。

「ん」という字が入る言葉を書いておいで。ひらがなの大トリだ。

わたしはひとつしか思い浮かばなかった。

翌日、クラスメイトの女の子が、ノートに「ぱんこ」と書いているのを見て焦《あせ》った。なるほど、そういうのもあるな。わたしは「んんこ」と書いていた。先生はわたしのノートを見て「ははは」と笑い、赤ペンで最初の「ん」を「う」に変え、マルをくれた。

きりん
ぱんこ
はんこ
いろいろあったわ……

母とわたしと自転車と

その自転車は意思を持っていた。右斜《なな》め四五度の方向に行きたがってしょうがないのである。父の自転車であった。

車の免許を返納した父は、現在、電動自転車を愛用している。帰省中、近所のスーパーへ行くのにわたしが借りて乗ったのは古いほうの自転車で、そうとうガタがきていた。ときどき、まだ父も使っているらしいが、こんな乗りにくい自転車ははじめてである。

わたしは母に言った。

「自転車、買おうか?」

親に自転車を買う日がくるなど、子供の頃のわたしに想像できただろうか?

小学生のときに、はじめて買ってもらった自転車。一家総出で買いに行った。欲しかった天地真理のまりちゃん自転車ではなかったが、自転車屋のおばさんが白いペンキで名前を入れてくれたときは本当に嬉しかった。自分専用の乗り物なのである。あの頃、自転車は年上の人に買ってもらうものだった。しかも、誕生日やクリスマスに与えられるようなスペシャルな品であった。

月日は流れ、スーパーの帰りに自転車を買おうかと親に申し出ていたわたし。スペシャルでもなんでもない、暑いだけの平日だった。

母は言った。

「まだ乗れる」

乗れる。

乗れるが、それは右斜め四五度に進みたがるアウトローなヤツだ。

翌日、わたしは勝手にホームセンターへ自転車を買いにいくことにした。古い自転車は自分が置き去りにされることを知っているかのように、ますます右斜め四五度に進みたがっていた。

「お年寄りには、二四インチくらいが便利ですよ」

店員さんにアドバイスされ、そうか、自分の親はもうお年寄りなのだなと思う。手頃な値段の二四インチサイズは、あいにく在庫が赤色しかなかった。うちの父に色のこだわりがあるとは思えないので、いいんです、いいんです何色でも、と乗って帰った。しかし、これが父にとっての災難の幕開けとなった。

東京に戻ってしばらくして、母親から電話があった。

「おもしろいことがあったんやで」

と、すでに爆笑している母である。

父が警察にしょっちょう呼び止められているらしい。赤い自転車に乗っていると、盗難車ではないかと調べられるのだそうだ。それを大笑いしている母ってどーなんだろうと思わなくはないが、娘のわたしもつられて笑ってしまった。

わたしが幼少期に買ってもらった赤い自転車は、わたしに愛された。かわいい花の絵のプリントがあった。

わたしが父に買った赤い自転車は愛されなかった。愛されないどころか、父は怒って結局乗らなくなった。思えば、右斜め四五度に進む自転車はどことなく父に似ていたような気がした。

隣は空席、さあ出発

むせ返るような匂いだった。夜、九時三分、新大阪発―東京行きの新幹線の中は、なんともいえぬ人間臭がした。

平日の月曜日。車両は、ほぼ満席。普段、こんな遅い時間に新幹線に乗ることがないので驚いたが、その匂いにもひるんでしまった。夕方から降りはじめた雨も加担したのだろう。車内はじっとりとしていた。

東海道新幹線の座席の予約を取るとき、いつもわたしが選ぶのは通路側。トイレに立ちやすい、ワゴン販売のコーヒーが買いやすいというのが理由である。お菓子だって買いやすい。

「じゃがりこください」

他人越しには、なかなか言いにくいものである。

三人席の通路側なら、混んでいるときでも運がよければ中央が空《あ》きのままのことがある。この夜も誰も座らなかった。隣に人がいないのは気楽である。

乗車時は、もう、しつこいくらい座席の確認を心がけている。改札を抜けるときも見る。ホームに並んでいるときも見る。座る間際にももちろん見る。何度も見る。うん、間違いない。ここはわたしの席だ。誰がなんと言おうと絶対にそうだ。と、確認し、荷物を棚に上げ、後ろの人に「少し倒していいですか？」と声をかけ、テーブルに飲食物のスタンバイ。やっと落ち着いたときに、

「あの、この席……」

と、知らない人から（当たり前だけど）声がかかり、自分が間違っていたときの悲しさよ。

座席は合っているのに他を間違えていたこともある。

新横浜駅から乗ってきた人が、

「あの、この席……」

と言ってきたことがあった。いやいや、もうね、わたし、確認してますからね、絶対に合ってますからねと余裕をこいていたら、夕方六時発の新幹線であるのに、わたしのチケットは朝の六時。時間を間違えて買っていたのだった。チップスター&缶ビ

ールを手にペコペコ去っていくわたしの哀れな姿よ……。

さて、話は戻って夜遅い新幹線である。

みなの一日分の匂いが混ざり合い、咳《せ》き込みそうだった。もちろん、わたしからもエキスが流出していたはずである。新幹線に乗る前に、鉄板焼きを食べたのだ。

えのきベーコン、コンニャクステーキ（にんにく味）、豚ねぎ焼きに、焼きそば。

大阪、千日前の鉄板焼き屋。関西での仕事のあと、

「おいしい店があるんです」

と、連れられていったお店には煙が充満していた。

「熱《あつ》っ、おいしいっ」

ばかり言い合って食べた。

車内は寝ている人が大半だった。空席を挟《はさ》んだわたしの隣の男性は、パソコンのキーボードに両手を乗せたまま熟睡していた。彼のお母さんがこの姿を見たとしたら、きっと、優しく背中をなでてあげるにちがいない。大人たちのがんばった匂いを受け止め、新幹線は暗い線路を走っていた。

月のウサギと土の蟻

「月にはウサギが住んでるんやで」

と、大人は言うのだった。

ウサギは餅つきをしているらしい。うちは長らく銭湯通いだったので、ご近所さんと連れ立って行き帰りする夜もあった。大人たちは満月を指差し、あれが杵《きね》だの、あれが臼《うす》だのと解説してくれた。

月にウサギがいる。みんな口を揃《そろ》えて言っている。ならば本当なのであろう。とはいえ、地球から見えるウサギってデカすぎないか？　という疑問はあった。子供にだって遠近感覚はある。幼いわたしが思い描いた月のウサギはあくまで通常サイズであった。

そのウサギたちが月でなにをしているのかというと、やはり餅つきである。サイズ感には不信を募《つの》らせたが、餅つきの部分は受け入れたのである。

わたしは、餅のことが気になった。

やはりウサギが食べるのだろうか？

それとも、つきたての餅を月からぽとぽとと落としてくれるのだろうか。

小学校の中庭にはウサギ小屋があり、数匹の白ウサギが飼われていた。掃除当番のとき、鍵をあけて小屋の中に入るといつも不思議な感覚になった。

金網越《かなあみご》しの校舎。

ウサギにはこんなふうに見えているんだな。

わたしはウサギの目になって校舎を見上げた。

蟻《あり》の目にもなったことがある。

土の上の、蟻の行列。

しばらくしゃがんで観察していると、ちょっかいを出したくなってくる。蟻の通り道に小石を置いて交通規制。戸惑いを見せる蟻たちにさらなる試練を与えるため、わたしは城塞《じょうさい》を築いた。蟻にしてみれば万里の長城レベルである。

パニックになっている蟻の集団をもっと見ていたい。

あの感情は人間のどの部分からわき上がってくるのであろうか。

そうかと思えば、彼らのために豪華な砂のお城をつくったりもした。アリさんたち、これからはわたしがつくったお城で暮らせばいいよ。砂の城をつくり、大きな虫が入ってこられないようにしてあげた。摘《つ》んできた野草で花壇も用意した。引きちぎってくるのだから育つはずのない花である。池も必要じゃないか？　余計なことを考えるわたしである。しかし、穴を掘り水を入れても時間がたつと地面に吸い込まれ、継ぎ足しているうちに楽園はドロドロ……。結局、その城でも蟻たちはパニックである。

夢中になっていたら、ふいに自分自身も何者かに見られているような気がした。わたしが今いる場所は大きな大きな台の上で、それを大きな大きな人間が観察しているとしたら？

蟻の目になって空を見上げた。と同時に、わたしに遊ばれている蟻のことが気の毒になった。

料理教室にて

謙遜《けんそん》でもなんでもなく料理の腕前は〈普通〉である。

上手なほうなんじゃないか、と思っていたこともあった。しかし、料理教室に通ってみたらそうでもなかった。先生の薄焼き卵の薄さを見て感心し、先生のしょうがの千切《せんぎ》りを見て感心し、先生がお皿に盛っただけのレタスがいきいきとおいしそうなのを見て感心。いちいち感心している生徒はわたしだけで、みな手際《てぎわ》もよく、食材にもくわしかった。

クラスは少人数制で、四〇代、五〇代の参加者が中心なのだが、おもしろいことに誰も自分の年齢を言わない。聞いたら言わねばならぬから、人にも聞かない。暗黙のルールの中で、誰が何歳なのかを推理するのが大人の世界である。

わたしい外は子供を持つお母さんたちだった。みんなきれいにしているし、見た目で細かい判断はできない。

まずは子供の年齢でアタリをつける。高校生の子供を持つ人同士でも、上に大学生のお兄ちゃんがいたり、下が中学生だったりするし、小学生のお子さんがいても高齢出産の場合もある。

昔見ていたテレビドラマの話題になったときがチャンスだ。あのドラマを知っているということは、この人、ちょっと年上か。さまざまな判断の中、使う敬語の量を微調整しつつ、ギョウザの皮をこねていた。

年齢には触れず、あれこれおしゃべりしつつ、前菜、メイン、ご飯もの、デザートまでつくり、最後はそろって試食会。デザートのいちごババロアをむしゃむしゃ食べながら、デザートまでつくってたら晩ごはん夜中になるよなぁと、わたしの心は遠いところに飛んでいった。

最後に質問タイムがある。

「白ワインビネガーはどのブランドがいいですか？」

そんな質問が飛び交う中、メモも取らずぬぼーっと座っていたわたし。先生をふくむ教室の誰もが思っていただろう。

この人、家帰っても今日の料理つくんないだろうな。

わたしはわたしで思っていた。

ここで食べたしもう満足だな。

実際、家で試すことはほぼなかった。なんのための料理教室なのかまったくもって不明であり、しばらく休会しますと言って、もうすぐ一年が過ぎようとしている。

天ぷら屋で星に願う

三人組で出かけた先は、ちょっと値の張る天ぷら屋。カウンター越しに揚げたて天ぷらが出てくるという店である。

「ドキドキするね」

ドアを開けると、カウンター席には若いカップルと外国人の夫婦。われら一行が座れば満席に。

客七人。店側三人。合計一〇人が顔を突き合わせるという軽い緊張感の中での晩ごはんである。

ふわふわのおしぼりで手を拭《ふ》きながら、ふと、実家を思う。

今頃、父は布団に入っているのだろうし、母は風呂につかっている頃か。娘のわたしは夜の九時から天ぷらコース。予約がとれたのがこの時間しかなく、おそらく食べ終わるのは一一時をすぎるはずだ。

まずはビールでカンパイ。おまかせコースである。なにから登場するのかな？　そんな会話も店内に響いていることを意識してよそゆき声だ。

飴玉サイズの天ぷらが出てきた。なんだこれ。三人が前のめり。

「シンギンナンです」

え、なに銀河？　再度、聞いて新銀杏と判明。口に入れると、とろりと溶けてしまうほどやわらかい。

「おいしいです」

店主に言うと、「ありがとうございます」と、にこやかに返してくれた。

いや、しかし、これを毎度、繰り返すというのもどうなんだろう。三回に一回くらいは伝え、あとはこちら側だけで「おいしいね」と言い合う感じでいけばよいのか。

案じていたが、途中からはリズムもつかめ、ほどよくお店の方々と会話しつつ、かき揚げ天丼まで駆け抜けた。一五品ほど出ただろうか。

締めのデザートを食べているときに、短冊とペンを渡された。ちょうど七夕《たなばた》前。店先の笹に掛けてくれるのだという。外国人の夫婦も楽しそうに英語で書いていた。

星になにを願うか。

規模よりスピードという考え方がある。

今すぐお金をもらえるが、長く待てばより多くお金がもらえる。そのような選択を迫られた場合、わたしは断然、すぐもらう派である。

子供の頃は待つ派であった。もらったおやつもリスのように隠してちょこちょこ食べた。机の引き出しにはじめて鍵をつけてもらったとき、

「鍵つけてなにいれんの」

母に言われても口を濁《にご》した。そうか、この子も秘密を持つ年頃になったのか。母はしみじみしたのかもしれないが、自分のおやつを厳重に保管するためだと知ったら呆《あき》れ返ったであろう。

当然、お年玉も使わず貯《た》める子だった。もらって数えて郵便局。大人になってお年玉をあげる側になってみれば、パーッとおもちゃでも買ってくれたほうが気持ちがよいことに気づくのである。

待つのはもう飽きた。短冊には「いいことがありますように」ではなく、「近々、いいことがありますように」としたためた。明日あさって起こる規模のいいことでじゅうぶんありがたかった。

デザートのプリンの
フタが梶《かじ》の葉でした

その昔、梶の葉に
詩歌をしたためていた
そうで、七夕のオトナの
演出でした

嘘つき一〇代

なにもかも忘れたくないと思っていたのは一〇代の頃だった。なんでもない一日でさえ、わたしはすべて覚えていたかった。日記もつけていた。日記をつければ、記憶はより強く残るはず。今を永遠に忘れることはない。そう思うとほっとした。

しかしながら、わたしはいろんなことを忘れて大人になっているようだ。先日、編集部を通して、一通の手紙が届いた。高校時代のクラスメイトからだった。クラスメイトと言っても、当時は、仲良しの友だちとだけしか交流がないわけで、同じクラスになってもしゃべらず仕舞《じま》いというのはよくあること。そんなクラスメイトから、まわり回って手紙をもらったのである。

手紙には、わたしのエッセイをなにかで見て懐かしくなったとあった。さらに、益田さんとの思い出がひとつだけあると書かれてあり、それは、英語の教材費を集金する係だった彼女が、その日、財布を持っていなかったわたしのぶんを立て替えたという話だった。

やばい、覚えてない。ちゃんと返したのか？　ヒヤヒヤしながら読み進めると、「翌日、かわいいイラスト入りのお手紙と一緒に返してくれたのが嬉しかった」というエピソードで安堵《あんど》した。なにもかも忘れたくないどころじゃないだろう。

ところで、ちょうど三〇年前の高校生のわたしは、どんなことを記していたのか。

久しぶりに日記帳を開いてみた。

一九八六年八月二七日。

「今日、体育プール、福田（先生）やって、まっちゃん（友だち）とふたりでぬけだしたたんばれて、泣きまね作戦で勝ってめっちゃ楽しかった」

どうなんだろう。

じゅうぶん嘘つきだし、都合のいいことをやっていたようである。

もう一度、高校生をするなら……
バイトの量へらそー
週6くらいバイトしていた

いつだって優しい自分の机

大人の世界には、表面上の付き合いなるものがある。天気や、食べ物の話でサッと別れる軽やかさよ！

しかしながら、そんな付き合いの中でも、なにかの拍子にチクリとくることがある。表面上だから気にならないなんてない。毒っぽい冗談を水に流せず、こだわってしまう日もある。半分は、うまくかわせなかった自分自身に腹を立てているのである。

飛んでくる悪玉すべてをバシバシ跳ね返せれば、どんなにいいだろう？ でも無理だ。わたしは普段でも理路整然と話せない。テンパっているときは、よけいに難しい。わたしは、わたしを、わたしの言葉で助けてやれないのだった。

仕事の打ち合わせの席でも、たいていモゴモゴしている。

「なんか、えっと、たぶん、こういうことを書きたいというか、なんていうか、うまく言えないんですけど……」

しっかり伝えなければと思えば思うほど言葉が遠のいていく。そのくせ、すらすら語れるようなことなら、別に書かなくてもよいのだし！

なんて、己《おのれ》を庇《かば》いながら家路に就くのである。

自分の机はいつも優しい。むかうとホッとする。

子供の頃からそうだった。妹とずっと同じ部屋だったけれど、自分の机の前にいるときの心は、いつだって静かな個室の中だった。

大人になっても、人には自分の机が必要なんじゃないか。小さくてもかまわない。決して誰にも触《さわ》られない、自分だけの机。

ずいぶん昔、年上の人がわたしに言った。

「大事なことは人に言ってはいけないんだよ、弱みをにぎられちゃうから」

誰だったのかは忘れたけれど、記憶から消えずにいるのは引っかかりがあったからだろう。

助言してくれた人は、もしかするとわたしとの共通点を感じて言ったのかもしれない。思い出すのは、手痛い目にあった日の夜だ。あの人の言った通りだ、と思う。

でも、そうは思わない夜もある。誰かと大切な話ができた日の夜は、温かく、豊かだ。

Lサイズのわな

歩くと違和感がある。ややかゆい。股間の話である。

なぜ？

わたしには心当たりがあった。前日、プールで泳ごうとジムに出かけていったところ、水着を忘れたことに気づいた。取りに戻るのも面倒だしと、ジムのレンタル水着を利用したのである。

借りた水着が不衛生だったというわけではない。

問題はサイズなのだ。どう考えてもSとMは無理だろうとLサイズを広げてみたところ、なんとなく小さいように感じた。

よく見ると、棚の一番下に一枚だけ「LL」サイズがたたんであった。

こちらにするべきか。

手を伸ばしかけ、わたしはある重大なことに気づいた。水着の色はみな同じなのだが、サイズ別に、両脇のラインの色が違うのだった。

ということは、LLサイズを選べば、「LLサイズの水着の人」であるのが丸わかり。わたしは背が高いほうなのだが、それだけなら、たぶんLでいける。LLへの揺らぎは、明らかに肉付きがいい下半身のせいだ。

自分との協議の結果、強引にLサイズをレンタル。更衣室で着用したところ、ピチピチではあるがなんとかなりそうだった。

わたしは甘くみていた。水着は水の中で縮むのである。プールにつかったところ、ピチピチが、最終的にはピッチピッチ。こちらの都合などおかまいなしに、水着はぐいぐい食い込んできた。摩擦《まさつ》によってすれてしまい、結果、「かゆく」なったというわけだ。

かゆい。どうしよう。病院に行くほどではないだろうが、行くとしたなら何科なのか。そこに、女性の先生はいるのだろうか？

子供の頃、「わたし」のからだを心配するのは、母の役目だった。

熱が出た、おなかが痛い、どこかがヒリヒリする。心配係の母に伝えれば、すぐに対処法を考えてくれたもの。

大人になると、自分のからだの心配係は自分自身。さらにいうなら、親のからだの具合を案じる側になっていた。

とりあえず、どういう状態なのか確認することにし、コンパクトの鏡で見てみたところ……わからない。男子と違って、日々、見ている場所ではないので、

「こんな感じだったと思うんだけどなぁ」

と、首をひねる。

心配するまでもなく、翌日にはなんともなくなっていた。

仕事の合間に
ふと思うこと　ベスト1

なにもない今日はいい日

パソコンにむかっていたら、強烈な睡魔《すいま》がやってきた。こういうときは、もう一旦、眠ることにしている。読みかけの本を手に布団に入ると、たぶん五分もたたないうちに眠っていた。

目が覚めた。

時計を見ると夜の八時過ぎ。ちょうど二時間の昼寝というか夕寝である。

布団に寝転んだまま、「今日」の使い方を考えてみた。わたしの今日が終わるまで、あと四時間あった。

再びパソコンにむかってから夕飯か、あるいは布団に入ったまま本のつづきを読んでから夕飯か。

冷蔵庫にあるものでも足りるが、家の外へ出たい気持ちもある。自転車でスーパーに行き、帰りにドトールでお茶するのもいい。

思い立ち、枕元のスマホで映画の検索をしてみた。観たかった映画の最終上映が九時半からだった。まだ、じゅうぶん、間に合う。

よし、映画にしよう。

ゆっくり起きて、てきぱき用意。コートのポケットに財布とスマホを入れ、ウールのマフラーをくるくるっと巻いた。バッグは持たず、手ぶら。腕を大きく振って駅までの道を歩き出した。

冬の気配がする。

子供の頃に読んだ絵本に、『12つきのおくりもの』というスロバキア民話があった。森に迷い込んだ少女が、一二人の月の精と出会うという物語だった。春の精は美しい若者たち。寒くなるほど年齢が上がり、冬の月はおじいさんたち。

はて、今のわたしは何月の精?

何月でもいいかと思いながら、気ままに歩く。

途中、新しい家に電気がついていた。洗濯物が干してある。どんな家が建つのだろうと通るたびに見ていたのだが、いつの間にか引っ越しも終わっていたようだ。これから植える小さな木が、庭の隅に寄せてあった。

いろんなことがある。いいことも、悪いことも。特になにもなかった日は、いい日に入れている。

電車に乗り最寄りの映画館まで。チケットを買ったあと長い列に並んで生ビールとポップコーンも買った。

映画を観終える。わたしの今日は、帰りの電車の中で終了した。

人ん家の玄関を
チラ見してしまうのはなぜ？

ひとり暮らしのゴミ置き場

社会人になって四年が過ぎた頃、はじめてのひとり暮らしに踏み切った。実家の団地から自転車で五分ほどのワンルームマンションなのだが、目と鼻の先だからこそ親を説得できたという経緯がある。わたしは念願のひとり部屋を手に入れた。

引っ越してすぐ、マンション前のゴミ置き場にカントリー調のダイニングテーブルが捨てられているのを発見した。大型ゴミの朝であった。わたしは仁王立《におうだ》ちになって一分ほど考えた。ペンキを塗れば、まだ使えるのではないか？　よく見ると揃《そろ》いのイスも二脚ある。わたしはそれらを三階の自分の部屋までかついで帰った。

また別の大型ゴミの日。大きな樽《たる》が捨ててあった。樽？　一体どういうことだ。再び仁王立ちになった。樽にはなぜか扉がついていた。観音《かんのん》開きだ。おそるおそる開いてみた。中には棚がついていた。酒瓶を並べるためのものなのかもしれない。これに小物を飾るというのはどうだろう？　わたしは樽をかついで持って帰った。

また別の大型ゴミの日。今日はなにがあるのかな〜。拾う気マンマンで現場へと急いでいた。

ギターがあった。ケースはないが、弦はある。わたしはギターなど弾けないけれど、弾ける友だちが遊びにくる日があるやもしれぬ。その友にまったく心当たりはなかったが持って帰った。

わたしは大まじめでオシャレな部屋を目指していた。しかし、緑のペンキで塗ってしまったカントリー調のダイニングセットはダサかった。その隣には樽とギター。テーマを見失った部屋であったが、自分だけの大事な城であることに変わりなかった。

わたしはそこで、新しいことにチャレンジしてみようと思った。会社員をしつつ、ドラマの脚本のコンクールに応募したこともある。詳細な内容は忘れたが、ラブストーリーだった。舞台は東京・渋谷である。わたしがつくり上げた架空の若い男女は、渋谷の街をあっちこっち走り回り、あげく、雨に打たれていた。わたしは渋谷に行ったこともなかった。コンクールには、むろん、かすりもしなかった。

そんな日々を過ごしていたときに、大地震があった。一九九五年の阪神淡路大震災である。バンッ、という下からの強い衝撃のあとに激しい揺れがきて、一瞬、なにが起こっているのかわからなかった。揺れがおさまり、電気をつけようとしたら停電していた。

まだ夜が明ける前だった。電話もつながらない。ペンライトで部屋を照らすと、カラーボックスや樽の中の小物が床に散乱していた。

実家は大丈夫だろうか。本棚やタンスが乱立している部屋である。オロオロしているところへ、玄関のドアをたたく音がした。わたしの名前を呼んでいる人がいる。母の声だった。ドアを開けると、母が立っていた。前髪、カーラー巻いたままやん。思ったが言わなかった。電気も灯《とも》らぬ真っ暗な道を、母は一目散にやってきたのだ。自分が誰かの大切な人であることを、若かったわたしは当然のように受け止めていたのであった。

「元気ですか？」

という母からのメールに

「元気です」
と返信できる
しあわせを思う

母が口にした「色」とは？

何色って言ったんだっけ？

東京に戻る新幹線の中で、わたしは母が口にしたその「色」を思い出そうとしていた。

そもそも、なぜ色の話になったのか。さかのぼれば、ふすまである。

実家の居間のふすまがところどころ破れているのは、三年ほど前から気づいていた。

そうはいっても、わたしは家を出たのだし、親が気にならぬのなら口出ししないでおこうと思っていたわけである。

その破れた部分にセロハンテープが貼られているのに気づいたのは一年ほど前。

あれ？　ひょっとして気にしてる？

そして半年前。さらにその上にアンパンマンの絵の切り抜きが貼ってあった。完全に気にしているではないか。

というわけで、つい先日、帰省したときに、

「ふすま、破れてるところ、直そうか？」

提案してみたら、母はたいそう喜んだ。

わたしは自転車でホームセンターまで突っ走り、ふすまの破れた部分に貼るシートを購入。「そんな便利なものがあるんやねぇ」と感心する母であった。

さっそく桜の模様のシートを貼ってみたところ、よい塩梅《あんばい》である。薄目で見れば新品のふすまに見えなくもない。

調子づいたわたしは、テレビ台の敷物を指差して言った。

「あのレースも、きれいなのにする？」

母は、わたしが「あのレース……」と言いかけた時点で、「お願い！」という顔。破れたふすまよりも、すすけた白いレースのほうが気がかりだったらしい。

母がぽつり。

「だって、あれ、もう、○○色になってるし」

それこそが、わたしが新幹線の中で思い出したい色の名であった。

品川駅に着く間際にようやく思い出した。煮《に》しめ色、と母は言ったのだ。母の口か

ら意外な言葉が出てきて、わたしは思わず爆笑したのだった。煮しめ色のレースはハイターされるまでもなくゴミ箱へ直行し、かわりに真っ白なレースに掛け替えられた。

バーにドキドキ

仕事の会食のあと、バーに寄ろうということになる。

バー。とっくに大人になっているのに、まだ足を踏み入れてはならぬような気がする場所である。とはいえ、近寄らないわけではなく機会があれば足を踏み入れるわけだが、バーは行く前のやや張り切った雰囲気がよいのだった。

「ここです」

言われてビルの前で立ち止まる。

「ほう、ここですか」

エレベーターに乗り込む。はじめての店だからよくわからないと言うが、ある程度の下調べは済んでいるはずだ。でもドキドキする気持ちは共有できる。

「エレベーターを降りて、こりゃ違うな、と思ったらやめましょう」

と言われ、そうですね、と答えておけばよいものを、

「いきなり店内、という場合もありますよ」

よけいな発言をするわたしである。

エレベーターのドアが開いた。バーの扉は別にあった。

「入りますか」

「入りましょう」

カウンターには女性のバーテンダーがいた。いらっしゃいませの声がステキだった。低い声の女性に憧れる。特に、少しかすれたような。自分がそんな声だったなら、もっと落ち着いた人になれたのではないかとも思う。わたしは声が高く早口なので、どうも「あたふた」して見えるらしい。そして、実際、あたふたしている。会話中、シーンとなったときには謎の使命感がわき、あたふたとどうでもいいことを口走って場が静まるという……。

あたふたしている人は軽く扱われやすい。そのように扱われている本人が言うのだから間違いない。最初は丁寧に接してくれていた人が、気づくとタメ口になっていることは多々ある。ああ、今日もあたふたしてしまった。帰り道、冷静に振り返る。これがあたふた族の人生である。

バーのカウンターには男性の先客がひとりいた。飲みはじめるとちらほらお客がきて、いつの間にか満席に。

そこにいる誰もが、

「今、バーにきている！」

という、ちょっと得意げな顔に見えた。

バーではあたふた族もあたふたできない。われら一族も場をわきまえるのだ。話題が途切れても棚の酒瓶をながめ黙っている。そして、黙っているからといってあたふたしていないこともないのがあたふた族の悲しい性《さが》なのであった。

キリギリスな一日

風邪で寝込む。

ひまだ。寝室にテレビがあれば……と思う。風邪がなおったら寝室用に小さいテレビを買いに行こう。わたしは決意する。しかし、元気になっても買いに行かないのは目に見えていた。

そもそも、寝室用の小型テレビより先に買うべきものがあった。それはとてつもなく便利な家電で、うちにも欲しいなぁと常々思っているものだ。そのとてつもなく便利な家電の名は、電子レンジである。古いのを捨てて以来、かれこれ五年は欲しいと考えている。実行に移せない理由は一応ある。「面倒くさい」。

電子レンジにはそこそこの奥行きがあり、奥行きがあるものを買うには、まずメジャーをどこかから探してきて、設置場所のサイズを測らねばならない。たて、よこ、高さ。最低でも三カ所。測って、選んで、買って、箱を開け、箱をたたみ、月曜日の資源ゴミに出す。洗濯機や冷蔵庫ほど急を要さない家電のために這《は》いずり回らねばならない自分を思うと深いため息がでる。寝室用のテレビまでたどり着けそうになかった。

寝室にテレビはない。それは、たぶん、永遠にこない。しょうがないのでぼんやりと天井をながめていた。

風邪で学校を休んだ日の記憶がよみがえってくる。時計を見上げ、今頃、算数の時間だなぁとか、そろそろ給食だなぁと考えていたときの自分の気持ち。写真に撮れるものでも、録音できるものでもないのに、なぜ、あのときの気持ちを覚えていられるのだろうか。

風邪で休まなければ、いつも通り学校に行っていたわたし。その「わたし」になったつもりで布団の中にいるのは楽しかった。空席になっているはずの自分の席に座り、空想の中で給食を食べた。

子供の頃は、風邪で寝込んだだけで高級アイス「レディボーデン」を食べさせてもらえた。仕事帰りの父はメロンを買ってきた。つかの間、わたしは団地のお嬢さまであった。

しかしながら、大人になってからの風邪は寝てなおすのみ。しょうがないのでじっとしているわけだが、サボっているようでどうにも落ち着かない。

その昔、イソップ童話が忠告してくれたではないか。キリギリスは、働き者のアリたちのように冬の備えをしなかった。そのせいで、吹雪の中、アリの家に行って食べ物をくださいと頭を下げる。昔、この絵本を持っていた。ごはんを恵んでもらいにいくキリギリスの服はズッタズタに描かれていた。わたしはその絵を見るたびに震え上がった。遊びほうけていると最後の最後でひどい目にあうのだ……。

そんなとき、「週刊文春」の阿川佐和子さんと福岡伸一さんの対談を読み、少しほっとしたのであった。イソップ童話の「アリとキリギリス」について、「このお話はまったくもってアリとキリギリスの本質を分かっていない」と福岡さん。キリギリスはどのみち冬を越せぬ、はかない命であるらしい。「だから享楽的でかまわないんですよ」とおっしゃっていた。ちなみに、働きアリも短命であるとか。

キリギリスのようにサボっていたらと案じるのではなく、風邪のときくらい享楽的に寝ていればよいのか。

わたしは安心して布団に横になり、思い出のふたをパカパカと開けつづけた。

父のいない父の日

スーパーの袋をぶらさげながら歩く夕暮れ。

もうすぐ父の日だった。

半年前に父を亡くしたわたしにとっては、自分の父親がいないはじめての父の日でもあった。

もうなにもあげられないのだなぁ、と靴屋の前を通りすぎる。毎朝のウォーキングを欠かさなかった父のために、よくウォーキングシューズを贈っていた。最後にプレゼントしたウォーキングシューズは、結局、新品のまま。また元気になって、この靴を履いて歩きに行ってくれたらいいのに。そう思いながら、願いながら見舞ったものだった。

本好きだった父。好奇心も旺盛《おうせい》だった。一緒にスーパーに行くと、

「この数字はなんや?」

と、牛乳のパッケージに印刷されてある、3・7とか、3・8という数字を前に腕組みしていたこともあった。考えてみたこともなかったわたしは、あのときなんと答えたのだったか。

「なんでも見て、聞いて、言わんとあかんのや」

土産物の猿の置物を見て父がそう言ったことがあった。小学生だったわたしは感心した。見ざる言わざる聞かざるの猿のほうではなく、父のほうにである。ふいに父親の内面をペロリと見せられ、お父さんにはお父さんの考えがあるのだなと思ったものだった。

そんな父である。わたしの漫画の原稿料にも興味津々《しんしん》のようだった。

「なんぼくらいやろなと、お母さんと話してたんや」

帰省したとき、父はそれとな〜く話題を振ってきた。オトーさんには言うな。わたしの脳内に鐘が鳴り響いた。確実にあちこちで吹聴《ふいちょう》するのが目に見えている。そんな食卓でのなにげないやり取りほど、思い出すと涙が込み上げてくる。

父の死のことは、まだ口に出して話したくなかった。「ご両親はお元気?」と聞かれることがあっても、「はぁ、まぁ」とうやむやにすることも多い。

お悔やみを言われたら、わたしは大人だし大丈夫ですと言ってしまう。実際、父が他界してまだ日が浅いときに、「いえいえ、もう大丈夫なんですよ」と会った人に笑ってみせたところ、夜になって自分がひどく傷ついていることに気づいた。大丈夫じゃないときに大丈夫と言って、自分の言葉に苦しめられたのである。

父がいない世界を、わたしは、わたしの時間配分で受け入れていきたかった。そもそも急ぐ必要がないのである。

お父さん、もうすぐ父の日がくるよ。阪神タイガース、今年の成績はわたしが見ておいてあげるからね。空にむかって話しかけたくなる、そんな初夏の夕暮れだった。

空がなかったら
どこを見たらいいんだろう？

と、思うときもある

ひとり乗る男の子、ひとり待つ女の子

男の子が眠っているのは乗ったときから気づいていた。地下鉄での話である。小学校の一、二年生だろうか。カバンを斜め掛けし、首からは大きな水筒をぶらさげている。今日は楽しいお出かけだったのかもしれない。

わたしがはじめてひとりで電車に乗ったのは一〇歳くらいのときである。いとこの住む街へ泊まりがけで遊びにいくことになったのだ。

荷物をひとつにまとめなさいと母に言われたが、どうしてもふたつにしたかった。大人は決まって手荷物が多い。わたしは大人のように見られたかった。

ふたつにわけたカバンには、着替えの他に、トランプ、人形、星占いの本まで。なにを思ったか、家族写真も持参した。ひとり旅の緊張や不安はわかるが、いとこの家までせいぜい三〇分ほどなのであった。

途中、乗り換えが一度必要だった。父には乗り換えの駅名を復唱させられた。

「知らん人についていったら、絶対にアカンで」

と、母は言った。かなりしつこかった。なんで知らん人についていくねん……。知らない人についていくわけがないので受け流した。しかし、あの頃のわたしなら、言葉たくみに誘われればコロリとついていったにちがいない。

さて、地下鉄で寝ていた男の子である。

渋谷駅に近づいたときに男の子のほうを見ると、彼の隣が空席になっていた。保護者が別の席にいるなら、すぐに子供の横に座りにくるはずである。

男の子はひとりで電車に乗っていたのだ。そしてぐっすり眠っている。

もしや、乗り過ごしているのではないか？

少し迷ったが、わたしは立ち上がって男の子に声をかけた。

「ぼく、ぼく」

起きない。今度はしゃがんで、「おーい！　ぼく！　ぼく！」。子猫のように深く眠っている。さらにでかい声で揺り起こすと、男の子は寝ぼけてひょいと立ち上がった。その仕草があんまりにもかわいらしく、思わず笑ってしまう。同時に守ってやらねばという使命感がわき起こる。

どこで降りるのか聞いたら、案の定、とっくに過ぎた駅であった。一緒に降り、戻りの電車に彼を乗せた。

「もう寝ないんだよ、わかった？」

彼がうなずくと、扉は閉まった。わたしの口の中には「わかった？」という大人の言葉が残っていた。

別の日。

美容院で頭にラップを巻かれた状態で雑誌を読んでいたら、小さな女の子がわたしのそばにやってきた。目が合えば笑いかけていたので、気安かったのだろう。ちなみに彼女はお母さん待ちである。

「行ってみたいなぁ」

女の子はひとりごとのように言った。

行ってみたい。どういう意味なのかすぐにわかった。わかったのだ！　わたしも小さい頃、同じことを考えていたから。

「あたしも！」

わたしは元気よく言った。わたし、ではなく、あたし。大人の言葉など使わず、気持ちを共有したかった。

美容院には大きな鏡がある。鏡の中の世界に行ってみたい、と女の子は言ったのである。

「どうやったら行けるのかなぁ」

わたしが言うと、彼女は笑顔で答えた。

「のこぎりで切れば行けるんじゃない?」

「水たまりの中に別の国がある」と、想像するのが好きだった

言葉で食事

「カジキマグロを脱水し、生ハム風に仕上げました」

目の前に出された皿をわたしたちは一斉にのぞきこんだ。わたしたちというのは女三人で、予約して出かけたレストランの昼時である。

店の人が厨房に消えると、

「今、脱水って言った?」

「言った、言った」

白いお皿には、ややカサついたようなカジキマグロの切り身が横たわっていた。

わたしはカジキマグロの一生を想った。そうか、脱水されたのか。彼らだってこのような最期をむかえるとは想像していなかったであろう。正直、わたしだって驚いている。

気になるのは脱水方法だ。まさか洗濯機で? いや、わたしのようなド素人が知る由《よし》もない最新の調理器具によって水分を飛ばされたにちがいない。

脱水があるのなら、アイロンだってあるのかもしれない。

「サンマにアイロンし、ビーフジャーキー風に仕上げました」

ありえる。しかも、ちょっとおいしそうである。

そういえば別のレストランで最後に登場したデザートにも、思いもよらぬ言葉が入っていたことがあった。

「チョコレートのタルトを再構築したものです」

再構築ときた。再構築されたらしいチョコレートタルトは、ムースにタルト生地が突き刺さっているという斬新な建物、いやデザートとなっていた。


料理の説明を聞くのは楽しい。脱水やら再構築やら、意外な言葉が採用されているとなお楽しい。

しかしながら、料理の説明をどのような面持《おもも》ちで聞けばよいのかは悩みどころだ。あまりマジメな顔だと講座を聞いている人のよう。ときどき「ほほぅ」とか「ははぁ」と小声で間《あい》の手《て》を入れるものの、これもまた講座を聞いている人のようなのであった。

たまに品数の多い前菜の皿の説明で、出だしを間違えてしまうことがある。「手前右から左回りにご説明します」と、お店の人に案内されているにもかかわらず、しょっぱなから手前左の料理をガン見。説明がちょっとずつズレて進んで、途中、「ヤバッ」と気づいて追いつくという始末である。

レストラン慣れしている人々は、一体、どんな感じで料理の説明を聞いているのか。それを柱の陰からこっそり見る、というカルチャースクールの講座があるなら、ちょっと受けてみたい気がする。

人生って、いろいろ

疲れがたまってきた。

それで、用事の帰り、ちょっと遠回りして甘い物を食べにいくことにした。とっておきのかわいい喫茶店があるのだ。

とっておきだから友だちにも内緒にしている。くたびれたときに駆け込む秘密基地でもあった。

わたしが、毎度食べるのはアップルパイ。たっぷりの生クリームがそえられている。注文は決まっているものの、メニューも一種の楽しい読み物。ページをめくり、うっとりと読みこむ。

さてさて、そろそろオーダーを。すみませーん、お願いしまーす。

「アップルパイと……」

いつもはホットコーヒーだが、わたしはふいに、飲もう、と思った。お酒である。

メニューの最後の最後にお酒が載っているのは前々から気づいていた。こんな乙女な店になぜ？ずっと不思議に思っていたのだが、今日、わかった。喫茶店で飲みたい日だって、オトナにはあるのだった。

「アップルパイと、あと……ハイボールください」

店員さんは、一瞬、えっ、みたいな動きになったものの、すぐに笑顔で「かしこまりました」。

喫茶店の窓から春の夕日が差し込んでいた。店全体が濃いオレンジに染まり、泣きたいくらいきれいだった。

しばらくして、アップルパイとハイボールが運ばれてきた。わたしは飲むとすぐに顔に出るのだが、平気、平気、花粉症だからマスクもある。

夕日も一緒に味わいつつ、アップルパイハイボール。

いろんなことがある。そのたびに心は揺れる。五年後の自分に会いに行けたら正解が聞けるのに。思ってみたところで、わたしには今のわたししかいないのだった。

店を出て、ほろ酔いで街を歩く。今日はもう帰ってから仕事すんのやめよ。そうだ、春用の靴でも買いに行こう！

わたしはデパートの靴売り場へ直行した。あれこれ試着しているうちに、これまでの人生で味わったことがないほどの強烈な足のツリに襲われる。

「いたたたたたたたたっ」

「大丈夫ですか‼」

店員さんたちが大騒ぎ。わたしの足をさすろうとしてくれる店員さんにむかって、

「オネガイデス、サワラナイデ　クダサイ……」

息も絶え絶えに懇願《こんがん》する。人生っていろいろあるなぁと、わたしはうずくまった。

オネガイデス

ローマ字一文字

財布を買ったら、無料でイニシャルを刻印できると言われた。

「ええっ、無料？」

思わず無料に反応し、違った！　ここは東京だったと冷静になる。

東京で大阪出身の知人宅にはじめて遊びに行ったとき、なんか懐かしいなぁと感じたのは値段の発表だった。

その人の家にあるもの、たとえば花瓶を指して「これステキですね」とわたしが言えば、先方は「あ、それ、〇〇円」、「この絵いいですね」と褒めれば「それ〇〇円」という具合に聞いてもいないのに率先して教えてくれた。地元にいたときは、わたしもこういうふうに暮らしていたのぅと懐かしかった。

どうやら大阪の人々は、買った物の価格を伝えるのを義務のように思ってるフシがある。わたしでいうなら実際の値段より「安く」伝える傾向すらある。

「えっ、もっと高そうに見える！」

と褒められたいのであるなら、それは一体どういう欲なのだ？　わからない。上京後、みな、あまりお金のことを口にしないのに気づいて封印しているのだが、思わぬところで「無料」が登場するとセンサーが作動するようである。

財布に無料のイニシャル刻印。ぜひとも、とお願いする。

アルファベットは三文字まで入れられるのだそうだ。

さて、どうしたものか。ちなみに「・」も一文字と数える。わたしの場合、マスダミリなので、Ｍ・Ｍだ。横向きに並べると、なんだかギザギザして見える。のこぎりの歯みたいだ。お店の女性に「のこぎり説」を告げると、

「一文字にされる方もいらっしゃいますよ」

というアドバイス。ならば、Ｍであるが、どうだろう、サイズの表記のようではないか。

イニシャルの存在をはじめて知ったのは、小学校でローマ字を習ったときである。名前をもうひとつプレゼントされたみたいな気分だった。

あたり前だが、クラスメイトたちにもそれぞれイニシャルがあった。

わたしはみんなのイニシャルを確認した。好きな男子と同じイニシャルだとわかればドキドキし、なんとも思っていなかった男子が同じイニシャルでも、やはりドキドキした。イニシャルには、女も男もなかった。

さてさて、財布の刻印である。迷った末、M、と刻印してもらった。サイズみたいだが、実際のLよりかはスリムである。

帰りの電車の中で、アルファベット一文字を財布に刻印して一番かっこいいのはなにかと考えてみた。三つにしぼれた。GとJとP。Pの知人はまだいないが、いつかポールという人に出会ったら、かっこいいいね、と伝えたい。

宿題じゃないのに作文を

自分のしゃべるのを人が黙って聞いてくれている、その怖さ、面目《めんぼく》なさ、申しわけなさ、ありがたさ、嬉しさ、勿体《もったい》なさ、を、気付かないでいるのは、老いたるシルシである。

田辺聖子さんのエッセイ集『乗り換えの多い旅』の一節を特に思い出すのは、自分がインタビューを受けているときである。

四〇代のわたしが老いという言葉を使うにはまだ早いが、それでも、打ち合わせの席で最年長になることも多くなった。

盛り上がって話しているとき、ふいに、楽しいのはわたしだけかもしれぬ……とわれに返ることがあり、やはりそれも、冒頭の田辺さんの言葉が思い出されるからであった。

インタビューはなおさらだ。会話とは違い、わたしばかりが一方的に話している状況である。

なんということか。

たいしておもしろくもないわたしの話をえんえん聴かせてしまった。

終わったあとは自責の念がざぶざぶと押し寄せてくる。耐えられず、帰り道にアーッとひとりでうめき、すれ違う人にギョッとされているのだった。

小学校の教室で、手をあげて自分の意見を述べるクラスメイトがまぶしかった。

「意見がある人は？」

先生に聞かれてもわたしの手はいつも膝の上から離れなかった。なのに、言葉はいつも胸の中であふれそうになっていた。結果、わたしの意見は、夜、布団に入ってから頭の中でぐるぐると発表されるのである。

わたしのその頃の夢は小学校の先生になることだった。もし先生になったら、手をあげられない子の意見も全部聞いてあげるんだ、と熱くなっていた。マルとバツ、ふたつの札を全生徒の机に用意し、それを上げ下げして先生に意見を伝達する案はかなり具体的に布団の中で考えていた。

自分を変えたいと何度思ったことだろう。思ったところで、よし明日からどんどん自分の意見を言うぞと決意するわけにもいかなかった。突如、自分の意見を述べはじめたわたしを、級友たちは受け入れてくれるのか？　呆気《あっけ》にとられている友の顔が目に浮かんだ。

手をあげられる自分で出直したかった。わたしは小学校四年生くらいで、すでに一年生に戻りたいと悔やんでいたのである。

そんなあるとき、母親の職場まで自転車でついていったことがあった。車通りの多い道を走るのははじめてでハラハラした。夜、母に話すと、それを作文にして学校に持っていったらどうかと言われた。

「えっ、宿題じゃないのに？」

宿題じゃなくても先生は読んでくれる、と母に言われ書いていった。書いていったものの、わたしはそれを先生に渡すにあたり心臓が飛び出るくらいの緊張を強いられることになった。どうしよう、いつ渡すのか。やっぱもういいか、でもせっかく書いたし。考えた結果、朝、先生が教室に入ってくる直前に狙《ねら》いを定めた。生徒たちはガヤガヤ動き回っている。どさくさにまぎれて手渡す作戦だ。わたしは先生を呼び止め、宿題でもなんでもない作文を手渡した。まるで果たし状である。先生は一瞬まごついたが、下校のときには簡単な感想をつけて返してくれた。唐突《とうとつ》な作文提出はそれ一度きりだったが、自分の気持ちを伝えるのにはこういう方法もあることを知ったのだった。

大人の旅ムムム

羽田空港へは、毎度、東京モノレールを利用している。モノレール浜松町駅から乗り込み、ビル群を抜ければ次第に空が広くなってくる。今から旅に出るんだなぁ。この景色を車窓から確認し、ようやく、からだから日常が剥《は》がれていく。

子供の頃、夢中になったテレビアニメに「銀河鉄道999」がある。銀河鉄道999とは、その名のとおり宇宙を旅する汽車だ。いつか乗ってみたいと憧れていた幼い日の夢を、東京モノレールは軽々と叶えてくれる。高架のおかげで、空飛ぶ汽車に乗っている気分が味わえるのだった。

モノレールも好きだが、羽田空港も好きなのである。なんてったって大きい。一般人が入れるあれほど大きな建物はそうそうない。出発時刻の二時間前には行ってうろうろしていることもあるのだが、それを言うとたいていの人に呆《あき》れられる。なにを隠そうわたしも呆れている。

空港内に流れるアナウンスが心地いい。函館、青森、仙台、新潟、米子、徳島、熊本、那覇。フライト先を聞いていると、わたしはもう大人で、どこへだって旅に出られるという力強い気持ちがわいてくる。

大人の旅といえば、地元の高校時代の友人たちと女子会をしたときに、

「五〇歳になったらさ、記念にみんなでどっか泊まりに行かへん?」

という話題になった。

ひとりの友が言った。

「わたし、個室にするわ。いびきかくらしい」

わたしもすかさず手をあげる。

「わたしもかくらしい」

すると、別の友が違う角度から参戦してきた。

「わたし、この前、おねしょしたで」

突然の告白である。寝ているときに、あっ、と思って飛び起きたら、「ちょっと出てた」とのこと。「布団はセーフやってん」という報告つきで大笑い。われわれの大人旅は、なんだかすごいことになりそうな予感がする。

「成人式の着物はいらないから」

親に願い出て、学校主催のヨーロッパ旅行に参加したのは一八歳のときだった。人生初の海外旅行は、人生初の飛行機でもあった。成田空港にむかうため伊丹空港に到着しただけで大量の写真を撮っていたわたしである。

当時の「旅のしおり」を引っ張りだして開いてみた。イタリア・フランス・イギリス一七日間。美術館や遺跡巡りなど、観光名所がほどよく組み込まれてあった。

「旅のしおり」には、さまざまなアドバイスも載っていた。

〈ヨーロッパはレディファーストの国です。とまどわない様にしてください〉

これを読んだ一八歳のわたしはドキドキしたにちがいない。

食事については、

〈スープはDRINK（飲む）するのではなく、EAT（食べる）する〉

と、なぜか部分的に英語になっている。

行ったはずなのに記憶にない場所もあった。

〈アペニン山脈を越えボローニャからパルマ、ミラノへ〉

と、行程表に書いてある。アペニン山脈に関してはバス移動中に熟睡して見ていない可能性はあるが、ミラノ観光まで忘却のかなたなのはなぜか。わたし、行ったのかな、ミラノに……。お金を出してくれた親に今更ながら申し訳ない。

覚えていることももちろんある。機内食用のステンレスのナイフとフォークを記念に持ち帰ろうとした友が金属探知機で引っ掛かり外国人の係員に失笑された上、没収されたこと。イタリアの街の屋台のリンゴが日本のより小振りでかわいらしく見えたことなど。

自由時間、友と焼き栗を食べながら歩いた道には冬の風が吹いていた。

短大生の期間は短い。来年の今頃は就職が決まっているのかな、と思いながら歩いた。社会人になったら気軽に休みなど取れないのだし、もう旅にも行かれないだろう。わたしの中にある「旅」という言葉の響きには、そんなふうに思っていた頃の淋しさも含まれているのであった。

胸元の話で大笑い

外すとハァーッとなる。温泉につかったときのようなあの解放感。つけているのとないのとでは雲泥《うんでい》の差。それがブラジャーなのであった。

「家に帰るとすぐに外すよね〜」

という話を、女ともだち数人としていたのだった。

しかし、外したら外したで別の問題があった。宅配便の受け取りである。冬場ならモコモコと着込むのでかまわないが、薄着の夏は、ちと困る。

「わかる」

みなでうなずく。

ブラジャー無しのTシャツという状態で、宅配便の受け取りをどうしているのか。居酒屋の卓上に並んだあれやこれやの料理を頰張りつつ、われわれは語り合った。猫背になりTシャツの前を浮かす、というのがどうやら主流のようだ。

両手を胸の前でモヤモヤ動かしつづける、という忍法みたいな技にも多数の支持があった。話が収束しかけたときに、ひとりの女が手をあげた。わたしである。

「長めのタオルを首にかけ、胸元に垂《た》らす」

そう発表すると、かけ声がかかかった。

「よっ、かっこいいねぇ、ロッカーみたいだねぇ」

対戦後のレスラーみたい、とも言われ、わたしたちのテーブルは笑いの渦《うず》に包まれた。

はじめてのブラジャーは小学五年生のときだった。

学校の廊下を歩いているときに、女性の保健の先生にそっと呼び止められた。

「そろそろブラジャーしようか」

母も気にかけてくれていたからわかってはいたけれど、わたしはブラジャーなんかしたくなかった。

あれは大人がするもので、だから、子供のわたしがするのは恥ずかしいこと！

子供は子供なりに、強くて固い自分の考えがあるのだ。

わたしは小さなわたしに会いに行って教えてあげたかった。大丈夫。遠い未来、ブラジャーで大笑いできる日が必ずくるから。

笑っている自分に
また笑えてくる
という
楽しい時間

日記

二〇一七年

五月一日（月）

夜道を自転車で走る。前方の空に三日月《みかづき》が出ていた。いつもより黄色く見えた。進む先に月があるのはいいものだと思う。

「そういえば、月なんかずいぶん見てないなぁ」

と言っていた人がいた。あれは誰だったろう。その人は月だけではなく、街路樹の花とか、民家の塀にいる猫なんかも、おそらく、ずいぶん見ていないのではないか。

五月二日（火）

東京から京都まで新幹線。睡魔がきて座席のシートを倒す。

隣は男性。見たところ五〇代前半か。彼もシートを倒していた。

これってシングルベッドで添い寝の距離ではないか？　と、ハッとする。よくよく考えると異常な状況である。せめて、倒したシートの角度だけは変えておいた。

新幹線の車内販売。カートの商品をじっくり見てみたいなといつも思う。コーヒーを買うときに、ちらちら見るものの、全貌はよくわからない。知りたくない気もする。あの混沌《こんとん》とした感じも好きだった。

五月三日（水）

帰省中、堤防の夕焼けを眺める。町並みは変わっても、遠くに見える山並みは変わらず、そのことに安堵する。美しい夕焼けを前にすると、オーロラは見られないけれど、夕焼けがあるんだからいいかという気持ちになる。

何年か前に、北欧までオーロラを観賞しに行ったことがあるけれど、オーロラの出始めは、煙というか、雲というか、白くもやもやしていた。それが時間とともにグリーンの帯状になり、オーロラらしい姿になるのだった。

五月四日（木）

自分だけの究極の幕の内弁当について考える。

マーボー茄子《なす》、つばめグリルのほたてクリームコロッケ、昔ながらのナポリタン、レンコンのきんぴらは薄いスライスでごまたっぷり、ヤングコーンのフライ、たまねぎシャキシャキのハンバーグ、カリフラワーとジャガイモのカレー炒め、オイキムチ、山椒《さんしょう》のおにぎりなど。デザートにはサバラン。スポンジに洋酒を染み込ませたケーキだ。くだものなら桃かメロンか巨峰にしよう。

いろんなことがある。いいこともいやなことも。いやなことのほうが手触りがいいので、つい、いつまでも触ってしまう。そんな感じなんじゃないか。

五月五日（金）

京都から新幹線に乗る。

窓側で、隣は空席だった。名古屋から三〇代の男性が隣に乗車してきた。

車内を見回す。近くの二人掛けの席が空いていた。名古屋で誰も座らなかったということは、もうそこは東京まで空席である。後からやってきたのがわたしなら、絶対、二人掛けの席に移動するだろう。

しかし、隣の男性が移動する気配はない。しばらくして隣の男性がトイレに立った。トイレ帰りにさりげなく席を変わらないかと期待したが、なんの迷いもなく戻ってきた。そして、再びスマホゲームに熱中。

わたしが移動しようか？

いや、窓側のわたしが席を移動するのは不自然であるし、さらには、わがテーブルの上には、缶ビールとチップスター塩味が広げられている。この状態からの座席の移動はハードルが高く、断念した。

五月六日（土）

　上下ジーパンで、ロングの白髪の年配男性が前を歩いていた。

　かなり目立っている。というより、まわりの景色から浮いている。ただものではない雰囲気だ。ロッカーになった仙人、あるいは、仙人になったロッカーとでも言おうか。

　前方から家族連れがやってきた。すれ違うとき、幼稚園児くらいの子供が怯《おび》えたように彼のことを見ていた。「今のおじさん、髪が白くて長かった」。母親に小声で言ったのが聞こえた。「シーッ」と子供に注意するのかと思ったら、母親は「ステキだったわねぇ」と朗《ほが》らかに言った。きっと、いい子に育つんだろうなと思った。

　一週間には名前がついている。月火水木金土日。「今日」に名前があることを、急にかわいいと思ってしまった。今日は土曜日。しりとりで「ド」に当たったとき、「ドヨウビ」と答えるのはステキだと思う。

五月七日（日）

許せない、ということについて考える。

あのときのあのことは、やはり許せないと思い、その理由をつきつめていくと、どんどんくだらないことのように感じる。

けれど、くだらないことにはしたくない。いつまでも腹をたてていたいとも思う。自分の落としどころがわからない。いずれ本当にくだらないことになっていくのだろう。

部屋の片付けをしていたらけん玉が出てきた。けん玉は上手ではないが下手でもない。玉をひょいっと刺すのも、三回に二回は成功する。この技は「とめけん」というようだ。

けん玉をしているとき、ときどき妄想している。

ここはどこか海外で、わたしはひとり旅の途中。現地の人が「日本人ならけん玉できる?」みたいなことを聞いてくる(外国語で)。わたしは彼からけん玉を受け取り、カチカチやってみせる。そして、いよいよクライマックス、「とめけん」である。一度で成功させ、街頭で盛大な拍手をもらうわたし……みたいな妄想をしながらやると、かなり本気で遊べる。妄想って、全然やらない人もいるのだろうか。

五月八日(月)

駅から家まで帰る途中の居酒屋。周囲は民家ばかりで、そこだけがふわりと明るい。

ガラス窓から店内をのぞくクセがついている。今日も足は止めずにチラッとのぞいた。店主と客らが楽しげに話していた。いかにも常連という感じだった。うちから一番近い飲食店なのに、一番遠い店のように思える。

五月九日（火）

インタビューを受ける。終わったあとも、気持ちの高ぶりがつづく。

得意になって語ったことに深く恥じ入る。インタビューのあとは、いつも自分を小さく感じる。歩かずにはいられず、二駅歩いた。

夜、夢でうなされる。断片的に残る夢の映像。イチゴを薄く薄くスライスし、グリルで焼いていた。

五月一〇日（水）

夜、お笑いライブの席が、たまたま最前列のど真ん中で、演者との距離がほんの一メートル。楽しいはずの、いや、とても楽しいショーであるのに睡魔におそわれ、ときどき意識が飛んだ。絶対によそ見ができない席、という重圧による疲れなのかもしれなかった。

深夜、歩いて帰宅。民家の玄関先の植

木鉢。その家の中の様子までが透けて見えるようだ。

五月一一日（木）

今日、うまれた感情が宇宙だとしたなら、日記とは、そのうちの、ひとつふたつの惑星を撮影して見せているだけということになる。

五月一二日（金）

レストランのランチコース。店員による食後のデザートの説明に衝撃が走る。

「チョコレートのタルトを再構築したものでございます」

え、再構築？　目の前に出されたデザートは、本当にチョコレートタルトの再構築だった。再構築されたものを、フォークとスプーンで破壊しつつ食べた。

いろんな出会いがある。表面上のつきあいでは惜《お》しい人との出会いは大切にしなければならない。

五月一三日（土）

電車。乗り込むときまでスマホを見ている人がいる。

「もう、ええから」

と、いつか無意識に自分の口から出てしまうのではないか、とハラハラする。

多肉植物の寄せ植え。育てているとは言えないくらいほったらかしているのだが、黄色い花が咲き、しゃがみこんで、いつまでも見ていたいような可憐《かれん》さだった。

一番好きな花は桜だろうか。今年も家の近所の大きな桜を何度も見に行った。急に風が強くなった日の夕暮れ、花吹雪を浴びるため早歩きでむかったものだった。

五月一四日（日）

鳩が急に飛び立ち、男の子が驚いて母親に抱きついていた。

子供の頃、鳩の鳴き声が、最初はなんの音かわからず、夕方になると団地の窓から確認したものだった。

きっと、◯◯の音にちがいない。

と思っていたことは覚えているのだけれど、その◯◯を忘れてしまった。一五年くらい前なら、まだ覚えていたような気がする。

しょっちゅう新聞に顔が載る人々（政治家や評論家など）も、かっこよく、あるいはきれいに写っているとやはり嬉しいのだろうか？

夜。「人は、点と点のつきあいでよいのだ。全貌くまなく捉える線のつきあいでなくともよいのだ。」

田辺聖子さんの『乗り換えの多い旅』の一節をしみじみと読む。

五月一五日（月）

惜しかった。渋谷の広い映画館で、観客がわたしをいれて三人という状況。うちふたりは老夫婦であるからして、彼らがいなければ、わたしの貸し切りであった。惜しい、惜しいなぁ、と何度も思う。

映画は最新の「赤毛のアン」で、村岡花子訳の『赤毛のアン』を読んだことがない人ならば、美しい物語として見終えたはずだった。村岡訳でしか『赤毛のアン』を知らぬ身としては、楽しみにしているシーンが色付けされ、あるいは削除されており、自分がアンのなにが好きなのかを認識するよい機会となった。

フルーツパーラーへ。マンゴーパフェを食べ、のんびり読書。トイレに立つたびに、「すみません」と客席から声がかかり、店員に間違えられる。確かに、今日のわたしの服はそこの制服に似ていた。

五月一六日（火）

週に一度の英会話レッスンは、「週末、なにしてた？」という話題からはじまる。毎度、先生のアクティブな週末がまぶしい。

五月一七日（水）

心がささくれる。もう今日は誰からのメールも見たくない、という日があってもよいではないか。

夕方、スマホを置いて喫茶店へ。割り切れない思い。そもそも、思いは割り切れるものなのだろうか。

帰りに一〇〇円均一の店内を隅々《すみずみ》まで見た。これも一〇〇円？　えっ、これも？　見てまわっているときは、それ以外のことを考えていなかったことに気づく。つかの間の安らぎであったらしい。

五月一八日（木）

深夜番組「アメトーーク」は、高校時代に留年を経験した芸人たちのトークだった。留年同士、最初は休み時間に集まるけど、徐々に疎遠になっていく、という話に、みな共感していた。もともと別に親しかったわけではなく、共通点が「留年」なだけだから、と笑って話しているのが良かった。当時は、いろんな葛藤があったのだと思う。

わたしの通っていた高校も留年生は珍しくなく、一年のときも、二年のときも、三年のときも、クラスにひとりかふたりいた。彼らのことを、ふと思い出した夜だった。

五月一九日（金）

洋服屋で試着。試着室から出て、鏡の前に立つ。

「どうですか?」ではなく、「大丈夫ですか?」と、販売員に聞いている自分がいる。この服、わたしには若すぎですかね、着ても大丈夫ですか？　の「大丈夫」である。

昔はこういうのよく着たんだけどなぁという服を横目に、今似合う服を探す焦燥感。

夏は脇の汗染みが気になるので、結局、白か黒の服ばかり。

「わかります、わたしもです」

という販売員の共感が心強かった五月の午後。

すれ違った外国人の「アクチュアリー」という単語が耳に残る。二度つづけて言っていた。なんて意味だっけ？　家に帰って調べる。「実は、」みたいな意味だった。

五月二〇日（土）

パン屋でカメロンパンを買う。メロンパンを亀に見立てているだけで、味は普通のメロンパンだが、「顔」があるせいで、いつもより大切に頬張る。昔、うちの掃除機に、手芸店で見かけた人形用の目をつけてみたら、とたんに掃除機の「がんばり」を感じたものだった。

隣町まで歩いてカレーを食べにいき、また歩いて帰る。

夜の住宅街に気持ちがやわらぐ。よそんちのテレビや風呂の音。弱い街灯、強い街灯。じっとしている自転車たち。いろんなことがあっても、一日はちゃんと終わっていく。

「いい人」が優しい人なのだとすれば、わたしにも、むろん優しいところはある。ある！　たくさんある！　断言できる。その優しさを、自分自身が食い散らかしてしまう日もある。

五月二一日（日）

多肉植物の黄色い花は、まだ可憐に咲いている。

「パネルクイズアタック25」を観る。回答者は一般人で、今日のくくりは五〇代大会。男女四人が回答者席に座っており、みなの顔を見る。五〇代。自分の少し先の姿であるのだなぁとしみじみと見る。

毎日、この日記の原稿を書いていると、自分の中のなにかが薄まっていくのがわかる。一カ月だからよかった。もう、やってはいけない気がする。

遅い夕食後、午前三時まで仮眠し、その後朝まで机にむかう。原稿が仕上がり、風呂に入ってミニビール缶を飲む。

床につく前、ベランダに出て空を見上げた。淡い朝の空にはまだ月が残っていた。

一難去ってまた一難。でも、大丈夫だ。なぜならわたしは強い子だから、と思って寝ることにした。

五月二二日（月）

今、目に見える世界。洗濯物が風に揺れている。その奥に青空が見える。机の上には、ノートパソコン、三省堂類語新辞典、電話、カレンダー、手帳、資料、プリンの空き瓶のペンたて、懐中電灯など。

夜、プールで歩く。圧迫されるからだ。水圧が気持ちいいのはなぜなんだろう？　そういえば、軽すぎる布団より、多少の重さがある布団を心地よく感じる。なぜだ？　なぜだ？　なぜだ？　と大きく腕を振り、大股で水の中を進んだ。

夕飯の一品がとてもうまくいった。ル

クルーゼの鍋にオリーブオイルを少々。火をつける前に薄切りの豚肉を並べ、並べ終えてから火をつける。火をつけてからだと気が急《せ》くので、いつも冷たいうちに並べる。つづいて塩胡椒。豚肉がよく焼けて、じゅわっと脂《あぶら》が出てきたら薄めに切った野菜をたっぷり入れる。今日は、ごぼう、エリンギ、山芋。全体に軽く油がまわると、別の小鍋に用意しておいた鰹《かつお》だしを注ぎ、しばし煮込む。途中、酒と醤油を入れて味を調《ととの》え、ごぼうの歯ごたえが心地いいくらいで火を止め完成。大きめの器にたっぷり入れ、九州土産にもらった柚子《ゆず》胡椒をそえた。

五月二三日（火）

おととい、正確には昨日の早朝に完成した小説の感想が編集者から届く。明るい気持ちに。

午後から出ずっぱり。久しぶりに降り立った池袋駅の地下は、やはり迷宮だった。書店のカフェでシベリアを食べる。いわずもがな、カステラに羊羹《ようかん》がサンドされたお菓子だ。それにしても、なんとカッコいい名のお菓子なのだ。他にもないか、カッコいい名前の食べ物。「くずきり」はカッコいいと思う。

夕飯は、担々麵を食べにいく。店のクーラーが動いておらず、むんむんとした中で食べる担々麺。海外旅行中の臨場感。

帰り道は風が強く、民家の黒い庭木がわさわさ揺れ、きれいだなぁと思う。小学校の図書室で借りた物語みたいな夜だった。

なにごとにも手抜かりのない人、について考える。人生に必要なコマを着々と揃え、思慮深く、用意周到で、降水確率二〇パーセントでも傘を忘れず、ちゃんと出世もするんだろう。足を引っ張られないよう、空が飛べるのかもしれない。見たことがある気がする、飛んでるところ。

五月二四日（水）

洗濯した毛布を押し入れにしまう。「寒くなったらまた会おう！」と、毛布に声をかけてみたら、しんみりしてしまった。夏が過ぎ、短い秋、そして北風の季節。冬生まれのわたしは、あたり前だが冬に歳をとるのだった。

夕方は英会話レッスン。先生は、いつも通りアクティブな週末を送っていたようだ。今日は、販売員と客という設定で英会話レッスン。客役のわたしは、いろんなものを買った。服や靴、あとは何かのチケット。架空のレストランにも行った。ちょっとシャレた感じの店のようだ。

そこで、チキンサラダとスープを注文し、さらにメニューを見て、「このステーキはどんな感じ？」と聞くのが課題なので、聞いてもみた。店員（先生）は、「すごくスパイシーで、この店の人気商品よ」と言っていた。「サラダ」の発音を注意される。サラダは英語で「サラドゥッ」。サラドゥッ、サラドゥッ、と何度か発音練習。日本のサラダより力持ちっぽい、サラドゥッ。

日記のページも残りわずか。

日記は小学生から二〇代の半ばまでつけていた。近しい友のような存在だった。今しがた、編集者からのメールで吉報が届く。よい夜だ。

4

いかになった

函館の街が好きだ。もともと路面電車が走る街並みが好きなのだが、中でも函館が一番好みだ。海もある。山もある。函館山の展望台にはロープウェイに乗っても行ける。わたしはロープウェイも好きなのだった。

夏の函館へ。これで函館の四季を制覇だ。運よく「函館港まつり」が開催中で、初日には花火もあがったようだが訪れたのは後半だった。他に、どんな催《もよお》しがあるのか。チラシには、函館名物「いか踊り」という文字が。

いか踊り。おもしろそうな匂いがプンプンする。これは絶対に見なければならん。開催日時を頭に置き、回る寿司も、回らない寿司も食べ、六花亭のカフェでホットケーキも平らげる。

むろん、ロープウェイにも乗った。展望台のカフェで七飯《ななえ》産の甘いりんごジュースを飲みつつ、あの通りも歩いた、あの辺りにスタバがあった、と地図を指でなぞるように市街地を眺めた。

いよいよ、いか踊りである。屋台が並ぶ歩行者天国で、それははじまった。やぐらのまわりをぐるりと囲んだ踊り手たち。白いはっぴは「いか」をイメージしているのだろうか。

ドゥドゥドゥーンドゥン。おなかにズシンと響く前奏。つづいて「函館名物いか踊り〜」とお兄さんの明るい歌声。

振り付けは盆踊りよりも簡単で、なんと「いか刺し」や「塩から」を踊りで表現している。

「みなさんもご一緒に」

やぐらの上から係の人々が観光客にも呼びかけていた。最初は見ていただけのわたしであるが、せっかくだし、参加してみるかな？　という気持ちにさせられるくらいのほほんとした踊りなのであった。

踊ってみた。案の定、楽しかった。どんどん愉快になってきた。両手を大きく斜めに広げる「いかソーメン」のポーズが特に気に入り、早く「いかソーメン」のところにならないかな〜と踊った。

「お姉さん、踊り教えてください」

輪に入ってきた女の子たちに声をかけられる。地元住民と間違えられるほど馴染《なじ》んでいるというのはどうなんだろうか。とにかく、わたしの「いか踊り」は、活きがよかったようだ。

「わたしもはじめてだよ！」

われわれは、しばし「いか」になって踊った。彼女たちはわたしの後ろにつらなり踊っていた。人生において、いかになれる日がくるとは思ってもいなかった。いかになりつつ、わたしは「お姉さん」と声をかけられて気を良くしていた中年の人間でもあった。

函館の楽しみ方
いか刺し
いかソーメン
とっとっ
こっちも いか刺し

正しく、空しかった日

歩道橋から空を見上げる。渋谷の上にも当たり前だが夜空があった。明るい夜空だ。わたしは空《むな》しかった。理由が言葉にできるのなら、たぶん、それは空しさではないのだと思う。わたしは、その夜、正《ただ》しく、空しかった。空があって本当によかったと思う。もしも空がなかったら、人は空しいときにどこを見るのだろう？

週に一度の英会話の習い事を終え、いつもはカフェで一息ついてから家に帰るのだけれど、映画を観にいく約束があった。3Dメガネをかけて観る、ド派手な映画だ。映画は楽しみだった。映画の前に、軽く食事をすることになっていた。むろん、それも楽しみだ。なのに、ぼんやり空しいままなのである。

会社勤めをしていた二〇代の半ば。仕事を終え、自宅に戻る夕暮れどき。まっすぐ家に帰りたいけれど、どこかに行きたいような気持ち。

あの頃はひとりで映画館に入ることもできなかった。だから、大阪・梅田の紀伊國屋書店内を歩き回った。書店をぐるぐるしたあと、近くのハーゲンダッツの店に入り、アイスを食べた。選んだアイスも覚えている。マカデミアナッツ味。

二〇代のほうが、過ぎていく時間への怖さが、断然、強かった気がする。

今、しなくちゃいけないことがあるんじゃないか。

でも、なんにもない。わたしには会社帰りに行きたいところもない。気持ちが急《せ》いて、いろんな習い事をしていたのもこの頃だった。

裁縫を習いに行ったこともあった。眠っている才能があるやもしれぬと思ったのだろう。スカート一枚完成させぬうちにやめてしまった。


さっきまでの英会話を思い出しながら、わたしは駅まで歩いた。先生は親切な若い女性だった。

「あなたのことを話して」と先生に言われ、たどたどしい英語でわたしは話した。

「わたしは旅が好きです。あとは、甘い物が好きです。一番好きなのはショートケーキです。それから、わたしには大阪に両親がいます」

父は他界しているので、真実ではなかった。まぁ、いいかな、と思う。父が生きている世界を、一カ所くらい持っていたかった。英会話レッスンのつかの間、わたしのオトーさんは、元気に畑で野菜をつくったり、歴史小説を読んだりしているのだった。英語は、そこにあるものが、ひとつなのか複数なのかにめちゃくちゃこだわっている。先生は、わたしが「a」を付け忘れると、話の途中でも割って入り「a」を付けさせる。「個数はだいたいでええやん」という日本語の感覚とは違うのに戸惑いつつ、英語をおもしろいと感じるところでもあった。

はて、空しさって、英語でなんていうのだろう？　というか、空しさはなんのためにあるのだ？　嬉しさや悲しさと同じように、それは人に備わっている。必要だから搭載されているにちがいなく、ならば、今夜の空しさも仕方のないことだった。

映画はたいそうおもしろかった。帰りの電車に揺られる頃には、「アイス買って帰ろう！」と明るい気持ちに。

もう空しくなかった。消えたのではなく、胸の奥の箱にしまわれただけ。またふいに顔を出すはずである。

引き出しの中の手記

秋の真夜中。

マンガの原稿にむかっているとき、ふいに「読んでみるかな」という気になった。父の手記である。

父からそれを渡されたのは、今から一六年前。妹の結婚式前夜だった。四〇〇字詰めの原稿用紙一四枚。父は自分で書いたその原稿を冊子にして、わたしと妹に一部ずつつくれたのである。

「ありがとう」と言って受け取った。

でも、わたしは読まなかった。読まないまま月日は流れて一六年。どうせ、カッコいいことばかり書いてあるにちがいない。カンベンしてくれ。読む気になれず、引き出しに入れっぱなし。

しかし、ある夜、唐突に読んでみる気になった。

手記は、こんなふうにはじまっていた。

「人生色々な場面で万歳との出会いが有るが、その多くはその場限りの万歳である。嬉しさの余り、感極まって万歳と叫ぶなどそう多い事ではない。この少ない幸運にわたしはこれまで二度、巡り会うことが出来た。」

この「二度」が、わたしと妹が生まれた日なのである。

わたしが生まれた日。大阪にも雪が降っていたようだ。早朝、近所の電話ボックスから病院に電話をして、娘の誕生を知った父。ここで「万歳！」と叫んだそうな。

家に電話なかったん？

そっちのほうに興味がわく。さらに驚いたのは、次の一行だった。

「初対面、鼻の高い子だな、これが第一印象であった。」

オトーさん……のちのち気づいたと思うけど、わたしは鼻が低い。親バカだよ！と思うものの、初対面でそう感じてくれたことに、どうしてなんだろう、涙があふれた。

父の手記は、当たり前だが父が主役だった。ちょっと不思議な感じがした。

父は、わたしの感想を聞きたかったにちがいない。なにせ一四枚の大作なのだ。

しかし、それをわたしが読むのは一六年後で、父の三回忌を迎える数日前だった。生きている間に読んであげればよかったな、という後悔はない。こういうところもまた、父の娘であるのだから。

読んで
みようかな

帰省中にほろりきた

大きな揺れで目が覚めた。わたしは布団の中で横になったまま、キャーッと言った。天井の電気の笠《かさ》がぶるんぶるんと揺れ、今にも飛んでいってしまいそう。大阪北部地震のとき、ちょうど大阪の実家に帰省していたのであった。

わたしは揺れている電気の笠を見ながら、交通機関が当面は止まるだろうと思っていた。阪神淡路大震災、東日本大震災。どちらも大阪と東京で経験し、この揺れがただごとではないことはわかった。

揺れがおさまると、別室にいた母の大きな声。

「地震やで!」

思わず、「知ってる!」。わたしが気づかず寝ていると思ったようだった……。

幸い、うちは花瓶や傘立てが割れた程度だったが、それでも冷蔵庫のすべての扉は全開になっていた。

ふたりで後片付けをしていたら玄関のチャイムが鳴った。

「お風呂に水ためて」

ご近所さんが言ってまわっていた。

そうだった、そうだったじゃないか。過去にも大地震後は断水になったじゃないか。あわてて風呂に水を張った。ほどなくして断水になり、それは翌日の深夜までつづいた。風呂の水のおかげで、自宅トイレが使えたことにどれだけ助かっただろう。

そういえば、地震後すぐに、母の携帯にご近所さんからのメールが届きはじめていた。ひとり暮らしの母の様子を見にきてくれる方も。

「なんかあったら、なんでも言いや」

去っていくおばちゃんたちの背中を見送りながら、わたしは不安になっていく。

東京のわが家には、懇意にしているご近所さんがいないのだった。「暑いですね」と挨拶程度。ゴミの収集も、うちの町内は各自玄関先に出しておけばよいというシステムなのでゴミ当番もない。そういうところも気楽でええなと暮らしているわけだが、母のような暮らし方への憧れもある。

東京に戻ったら、とりあえず水を買い足そう。そう思うとひとまず心が落ち着いた。

夜になって、

「ご実家、大丈夫？」

という東京の友人たちからのメールにほろり。帰省中だとは告げず、「大丈夫、ありがとう」と返信した。

断水のときは、お皿に
ラップして使うといいらしい
へー
なんとなく覚えていた
情報が役立ったの
でした

旅の土産に人柄が

旅に出る。旅の半分くらいは土産物屋をうろついているような気がする。土産屋が視界に入るとそわそわし、トイレをがまんしながら家に帰る人くらい前のめりになって店に入っていくのだった。

土産屋に腰を抜かすほど斬新なものがないのはわかっている。しかし、店内は隅々までチェックしたい。わかめやこんぶなどの乾物《かんぶつ》の棚、陶器や織物など匠《たくみ》の技の棚、冷蔵庫や冷凍庫の中。地元の朝採り野菜のコーナーもチェック。

一番楽しいのはお菓子である。土産菓子というのは、たいてい平凡な材料でできている。小麦粉、砂糖、バターなどよくある食材を焼いたり揚げたり。それをご当地的な形にし、ご当地的な名前をつける。そういうものである。だからこそ、

「こんな平凡な材料でよくぞ！」

というお菓子に出会えたときの喜びはひとしおである。

浜松銘菓「うなぎパイ」は、その代表格といえるだろう。うなぎの粉が入っているのは斬新であるが、言わばただのパイである。

だがしかし、黄金に輝くピカピカした表面と尋常じゃないあのカリカリ感。長さもいいじゃないか。おひとつどうぞ、ともらったときも単純にお得な気持ちになる。

昔、旅の途中でうなぎパイの工場見学に寄ったことがあるのだが、現在の形状に落ち着くまで試行錯誤があったようだ。パイをうなぎの蒲焼きに似せて串に刺す案もあり、そのサンプルも展示されていた。パイを串刺し……。どれだけ高度なことにチャレンジしようとしていたのだ。しかも、嬉しいことにうなぎパイは軽い。わたしは軽くておいしい土産がなにより好きなのであった。

土産には人柄がでる。たとえば、友と会う。カフェでケーキを食べつつ、

「これ、旅のお土産」

わたしが手渡すのは、「うなぎパイ」レベルの軽いものばかり。持っていくときに自分が重たくない、という基準で土産を選ぶから毎度似たようなものである。

しかし、そうではない人もいる。カフェでお茶をし、腹ごなしに一駅歩き、到着した駅の改札。別れる寸前に、

「ミリちゃん、これ旅行のお土産」

友に手渡されたものが、大きな瓶入りのジャムだったことがあった。わたしは自分の器の小ささより、友の器のデカさに心打たれた。レンガ一個分くらいの重たいジャムをずーっと持ち歩いてくれていたのだ。「試食したらおいしかったから」などと友は言うが、わたしなら「試食しておいしかったけど、持っていくの重たいからやめとこ」である。

土産でたまげたことがあった。喫茶店でむかい合って座っていた男性編集者が、「あ、これ、お土産です」と黒いもしゃもしゃしたものをテーブルの下から出してきたのである。

えっ、毛⁉

人間は瞬時にいろんなことを考えられる生き物であるから、「いやいや毛なわけねーな、じゃなんだ？　カツラか？」と、そのもしゃもしゃに釘付けになった。毛のようなものは、乾燥ひじきであった。ああー、ひじき、嬉しい、ありがとうございます、と受け取ったものの、カツラはカツラでおもしろかったように思えた。あれは一体どの土産だったのか。軽い土産であることは確かだった。

旅先のスーパーマーケットも楽しい

回転寿司、どこへ

けっこうなスピードで寿司が通りすぎていった。回転寿司屋でのことである。日が沈み、暑さがやわらぎはじめた頃、回転寿司を食べに行こうとなった。案内されて席に着く。

席の頭上にタッチパネルがあり、画面からゲームに参加するか否かを問われた。

「ゲーム？」

とりあえず、参加の文字を押してみた。どうやらこれで、五皿食べるごとに景品が当たるゲームに参加したようである。

回転寿司なので、むろん寿司は回りつづけている。タッチパネルから好きな寿司を注文することも可能だ。ご飯の量を少なめにも設定できるので、

「倍は食べられるね！」

もう、やる気マンマン。

回転レーンは上下二段になっていた。

タッチパネルから注文した寿司は、上のレーンでやってくる。細長いトレー（われわれは電車と呼ぶことにした）に乗り、ピシューッとそこそこのスピードで登場し、ピタリと席の前で停止。お皿を取り上げ、OKのボタンを押せば、電車は勢いよく帰っていく。

「あ、今、水ナス寿司を乗せた電車、通過しました」

「天ぷら盛り合わせが通過。かなりおいしそうです」

どこかの席の人が注文したものが流れていくのを監視しながら食べる寿司。

「ただいま、かき氷、通過しました！」

実況しなくてもいいのに、ついしたくなる。

食べ終えた皿はテーブルの穴に一枚一枚落としていけばいい。五枚カウントされるとタッチパネル上でゲームがはじまり、当たれば景品の入ったカプセルがころころ転がってくるシステムだ。一度当たりが出て、中にマスキングテープが入っていた。

こんなとき、わたしは、今日、生まれた赤ちゃんがうらやましくてたまらない。

その子は、わたしがいない未来で、どんな斬新な回転寿司を体験するのであろう。

空飛ぶ寿司皿が自宅までできて回転してくれるとか？
いや、皿ではなく人間のほうが飛んで、寿司のまわりを回転するのかも。
未来が見たい、未来を知りたい、そんなふうに思う回転寿司の夜であった。

未来の回転寿司について考える会

選ぶこと、選べないこと

差し入れを買いにチョコレートショップへ。店の奥にはカフェもあった。買い物を終え、ちょっとひとやすみ。

「いらっしゃいませ、お好きな席にどうぞ」

と、言われてから席を決めるまでの数十秒は、試されている時間でもある。

キミはどこを選ぶのだ？

という店からの問い。

あいている席の中から、最良と思われる席を見極めねばならない。

正解はどこだ⁉

わたしの目は、灯台のあかりのように店内をぐるぐる。

あっちの席は両隣がカップルだし、奥の席はグループが盛り上がっているし。いっそカウンター？　でも、よく歩いたから足を床につけて休めたい。

わたしは入り口付近の席に腰掛けた。やや落ち着かないが、売り場の様子が見えるのは楽しい。わずかな時間で、割合よい場所を選べたという誇らしげな気分でホットチョコレートを注文。しかし、すぐにトイレの真横であることに気づく。ああ、颯爽《さっそう》とトイレ横を選んでしまった……。

選ぶことの難しさを思いつつ、一方で、わたしは選べないことの心配もしているのであった。

選べないことでの心配といえば、アレである。

ときどき新聞やテレビでも見かけるアレ。美術館などで、何万人目かの来館者が記念品をプレゼントされている。わたしは、その「何万人目の人」になりたくなかった。

「どうか、何万人目ではありませんように」

展覧会の入り口でそう願うこともなくはないが、これぱっかりはどうにもできない。しかし、望みはまだある。何万人目の客が入り口に近づいてきたら、係の人たちだって平常心ではいられないはず。ざわざわもするであろう。あるいは布がかかったワゴン(記念の盾《たて》が隠してある)を押しはじめるとか。それらを素早く察知し、わたしは自分の靴ひもを結ぶふりをしてしゃがみ込もうと思っている。そして、「どーぞお先に」と後ろの人に「何万人目の人」を譲る作戦なのだがうまくいくだろうか。なりたくない。何万人目の人。地中のセミの幼虫のように静かに暮らしていたい。とはいえである。先方にすれば、何日も前からセレモニーの準備をしているわけで、ここはもうオトナである。何万人目の人になってしまったら、そのときは運命を受け入れ満面の笑顔でくす玉のひもを引っ張るつもりである。

突然、ひとりカラオケに行く

おひとりさま大歓迎、という看板に立ち止まる。歓迎されているのだから、入ってみようではないか。

はじめてのひとりカラオケである。

その日、カラオケに行くつもりはまったくなかったのだが、夕方、スーパーの帰りに店の前を通ったとき、たまには歌いたいものだなぁと思った。そこに「おひとりさま大歓迎」の看板である。

受付では二通りの自分が考えられた。愛想がいい自分と、淡々とやり過ごす自分。カラオケ屋の階段を上がりながら、その場の空気で決めようとドアを開けた。

受付には若い女性がひとり。「いらっしゃいませ」の声が淡々としていた。淡々を通り越し、もはや無心のようにも見える。いい。いいじゃないか。ものすごいテンションで「おひとりさまですか?」と聞かれたら、「あとからひとりきます!」などとうっかり言ってしまい、結果、あとからひとりきますと言っていたくせに誰もこなかった気の毒な人になるところであった。

流れる水のごとく受付は完了した。伝えられた番号5の部屋へと前進する。すれ違う人はいなかった。

個室のドアを閉める。そこにあったのは自由だった。どんな曲を、どんなふうに歌ってもよい。棒読みのように歌っても、がなるように歌っても。誰のことも考えなくてよい、素のカラオケだ。

まずは、たてつづけにユーミンを三曲。大好きな「14番目の月」、「甘い予感」とて、「翳《かげ》りゆく部屋」。

それからキョンキョン。「半分少女」と「優しい雨」を歌い、スピッツの「楓《かえで》」を熱唱。間奏の間にどんどこ曲を予約し、どんどこ歌っていく。胸が空《す》く、とはこういうことをいうのだなぁと感心する。歌うという行為は純粋に楽しいものであった。

人前で歌うのが苦手な人もいる。わたしは大丈夫なほうだが、その気持ちはわからないでもない。なぜなら、わたしは子供の頃からずーっと自己紹介が苦手であった。いざ自分の番になると手足は震え、心臓はバクバク……。だからといって、人とのおしゃべりが苦手というのでもない。それとこれとは話が別というのは誰にだってあるわけで、人前ではイヤだけど、歌うのは好きという人もいるだろう。「おひとりさま大歓迎」はそんな人たちの味方でもあるはずだった。

5番の部屋の壁紙は、ギリシャの街の写真だった。ギリシャの青空を見上げながら歌う「少年時代」。

どうしよう、楽しすぎる。

結局、ひとりで一時間半歌い、帰り道、まだ小声で歌っていたのであった。

大通りから人気のない路地に入ったところで

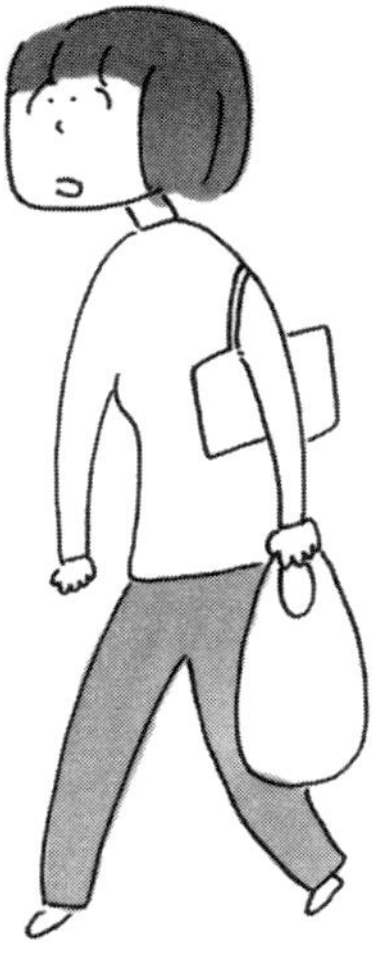

歌いはじめる

クリスマス「つるす、つるす」

クリスマスツリーの飾り付けを終え電気を灯す。

どれどれ。

離れて見てみれば、飾りの多さにわが家のツリーは傾いていた。大量につるしたキラキラボールがツリーに対してデカすぎるのである。そのうえ小さいキラキラボールもつるし、メキシコ土産にもらった人形もつるし、フィンランド土産にもらったオーナメントもつるし、他になんかつるすもんないかな～と探してハロウィンのカボチャを見つけたが、しばらく考え、さすがにそれはやめた。

ツリーの飾り付けは楽しい。子供の頃も一二月の楽しみのひとつであった。

押し入れの天袋《てんぶくろ》からツリーの箱を出してもらう。開けると折りたたまれたツリー、電飾、オーナメントのセット。

子供にも懐かしいという感情はある。箱には去年の空気が入っているように思えた。

これから飾り付けをするのだからワクワクしているはずなのに、少し淋しい気持ちになった。モール人形のサンタクロースや天使たち。こんな暗いところで一年も出番を待っていたのだ。しかも、子供部屋の押し入れである。わたしが他の人形で遊んでいる声がバッチリ聞こえていたにちがいない。後ろめたい気持ちで取り出した。

さてさて、話は戻って現在のうちのツリーである。

大量のオーナメントのせいで迷惑そうだが、わたしの「つるしたい気持ち」は一向に収まらない。むしろ増長していた。

もっとつるしたい。ああ、つるしたや、つるしたや。

玄関先の鉢植えのオリーブの木に目をつけた。

そもそもわたしはよけいなことをする質《たち》であった。高校時代、制服のブレザーのボタンをオシャレにしようと手芸屋で好きなのを買って付け替えたことがあった。登校すると友人たちは爆笑していた。そりゃそうだろう、ボタンはファンシーなウサギ柄である。

どうやらしでかしてしまったようだ。

しかし、すぐに元に戻すと己の失敗を認めるようなもの……。そんなときに限って、生徒指導の先生はわたしの新生ボタンに気づかないのである。先生に注意されて元に戻したという流れにももっていけず、しばらくはウサギで通した覚えがある。

そんな経験を思い出しながら、クリスマスツリー化した玄関先のオリーブの木を眺める。キラキラボールが一〇個つるされている。よけいなことをしてしまった感が放出していた。よく見ると枝に大きなイモムシまでくっついていた。オシャレではないな、と思った。

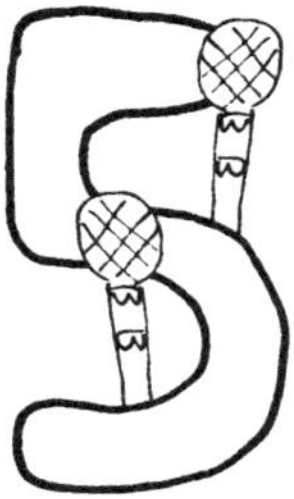
5

スクリーンで再会はたす

まさか、映画館で観られるとは思ってもなかった。鉄郎やメーテルに、スクリーンで再会できるとは。

打ち合わせの帰り道。映画でも観て帰ろうかとカフェでスマホをのぞいていたら、「銀河鉄道999」なるタイトルが飛び込んできた。あの名作アニメが、目黒シネマという映画館で一週間上映されるというではないか。しかも「さよなら銀河鉄道999」との二本立てである。

上映は翌日からだった。行く。絶対、行く。二本観る。

「銀河鉄道999」をはじめて観たのは一〇代のはじめ。映画館ではなくテレビだった。母の仇《かたき》を取るために宇宙を走る汽車に乗って旅立つ少年、星野鉄郎。謎の美女メーテルに導かれながら、あっちの星、こっちの星で、人生とはなにかを考える。

幼いわたしの胸にビリビリと電気が走った。すごい映画を観てしまった！　以来、

「星野さん」という人に会うだけで、なんか、うらやましいのであった。

さて、上映初日。

館内に中年たちがわんさかいた。若き日に鉄郎とともに旅した世代に見て取れる。まるでちょっとした同窓会だ。ホテルの宴会場ではなく、馴染みの居酒屋で開催されるような。

まずは「銀河鉄道９９９」から。映画がはじまってすぐ、わたしの右隣の男性が、そのまた右隣にいる友だちらしき男性に「オレ、ケッコー忘れてるわ」と、ささやく声が聞こえた。ふたりの手には缶チューハイ（ロング缶）。流れた歳月を思い、こちらまでしみじみする。わたしもケッコー忘れていた。

スクリーンに、鉄郎が命がけで入手した切符が映し出された。そうそう、これこれ。

地球―アンドロメダ

壮大な切符やなぁ。あの頃も同じく感心したのを思い出す。ちなみに銀河鉄道９９９の切符は無期限で何度でも使えるすごいやつなのである。日光写真のように少しずつ記憶が浮き上がってきた。

仇を倒し、機械のからだを手に入れ、同時に永遠の命も手に入れる。それが、鉄郎の追い求めているものだ。

しかし、旅をつづける中で、さまざまな人間、あるいは機械人間と出会い、彼の心は「永遠の命」を前に揺れ動く。大人になって観ても、わたしの心も揺れ動いた。

映画はいよいよエンディング。流れてくるのは、もちろんゴダイゴの大ヒット曲「銀河鉄道９９９」である。

涙がとまらない。少女時代に流した涙と同じ成分だと思うと、もったいなくてぬぐえなかった。映画もよかったが、かわらず感動できた自分自身にもよかったと思う。

館内が明るくなり、二本目の前の休憩時間。トイレに行こうと通路を歩けば、ひとりの中年女性が涙目で座っているのが見えた。手を取り合いたいような気持ちだった。

鉄郎
キミはまだちゃんと少年だった!!
オトナのわたしはトンカツ食べて帰ったとさ

スマホ店の青年と機械音痴

スマホを新機種に買い替えることにした。わたしはどんよりとした気持ちで店へむかった。これから「機械」の話がはじまるのかと思うと泣けてくる。苦手なのだ。しかし、そうも言ってはいられない。今使っている機種が古すぎて、パソコンから転送されるファイルが開けないことも多くなった。八年近く使っているのだから、そりゃそうなるだろう。

時代は後戻りしない。これからも最新のスマホが開発されつづける。最新最新を繰り返した先にはどんなスマホが待っているのか。虫歯治療くらいはやってくれそうな気がする。

さて、スマホの買い替えである。

日中は客が少ないはずだと出かけていけば、店内はそこそこ混んでいた。店内にいる客の中に楽しそうな顔の人はひとりもいなかった。みな、思い詰めたようにカウンターで説明を聞いている、ようにわたしには見える。

「いらっしゃいませ」

若い男性店員に誘導されて席に着く。どうやらこの青年がわたしの担当のようだ。

まずは、ごめん、と思う。

機械音痴のせいで、辟易《へきえき》させてしまうはずである。

しかし、青年はていねいに質問に答えてくれた上、途中、趣味のダンスの話までしてくれた。

「クルクルまわるやつでしょ？　ケガ、気をつけてね」

彼の身を案じつつ、今日からすぐに使える設定までやってもらえるのかを確認し、どれにするのか決定した。

「僕も同じの使ってます」

青年は、ポケットから自分のスマホを取り出した。待ち受け画面に、友人たちとはしゃいでいる写真が見えた。青い空だ。海にでも行ったのだろうか。

「おっ、楽しそうだね」

わたしが言うと、彼は照れくさそうに笑った。

毎日、店と家の往復だけですよ。

彼がちらっと漏らしたさみしげな言葉が胸に残っていた。だから、待ち受けの写真を見て少しほっとする。

働くのが、大人であるのがつまらないと思う夜もあるだろう。ちょっと前まで学生だったのである。

お礼を言って店を出た。

買えた。新しいスマホ。

ピカピカだ。そしてペラペラだ。こんな薄っぺらなもので電話ができることを、ときどきはちゃんとびっくりしよう！　と、謎めいた誓いをたてる。

翌日、店の前を通ると定休日だった。今頃、クルクルまわっているのかな？　と思いながら自転車で通りすぎた。

超カン違い！

大きなカン違いをしていたことに、割合、最近気づいたのだが、しばらくは黙っていた。試しにひとりふたりに言ってみたところ当然のように呆れられた。

それは飛行機の救命胴衣のことである。客室乗務員が離陸前に長いストローみたいなので、ふーっと膨らませる振りをする、あのオレンジ色のベスト。緊急着水、すなわち水上に飛行機が不時着したときに必要な浮き輪の役割をするものである。

わたしはアレを、飛行機が墜落したときのためのクッションだと信じて疑わなかったのである。だからずっと謎だった。こんなチョッキで大丈夫なのか？　ミシュランのキャラクターくらい膨らませてほしいとは言わぬが、せめてもうちょっと空気を入れないと地面にバウンドしづらいのではないか。マジメに案じていたのである。

高校野球のカン違いもある。

試合終了後、ピッチャーが軽い感じでキャッチボールをしているアレ。てっきりマスコミ用の写真タイムだと思っていた。

勝利投手ならまだしも、負けたチームの投手までもが泣きながら写真タイムに応じている。

オトナの都合でなんと酷《こく》なことを……。

憤《いきどお》りさえ感じていたのであるが、言うまでもなくアレは試合の疲労を蓄積させないために行われているわけである。

サツマイモの芽にも毒があると思って取りつづけてきた。

タンメンはワンタンメンの略語だと思っていた。

わたしが知らないわたしのカン違いはあとどれくらいあるのだろう？　もはや怖いもの見たさ、楽しみですらある。ちなみに、うちの母は「水玉模様」のことを「水たまり模様」と言っていた。

いつもうつむいて歩こうよ

歩いているときに前方に落としものを発見すると、ちょっとわくわくする。なんだろう？　手袋？　思ったとおり手袋のこともあれば、靴下だったこともある。靴下。なぜここに。マンションのベランダから飛んできたのか。それとも銭湯帰りの人がぽろりと落っことしたのか。

あるときは、ほわほわしたものが落ちていた。たぶん違うと思うけど、もしかしたら逃げ出した小ウサギかも？　と思いながらわたしは近づいていった。小ウサギだったら楽しいな！　と思う反面、もしそうならどうすればいいんだろうという不安を抱えながら接近。小ウサギではなかった。若い女の子たちがよくバッグにつけているキーホルダーだった。これはなんという名なのか。パソコンで検索してみたら、「ファーチャーム」とか「ぽんぽんチャーム」「もこもこキーホルダー」など、ぼんやりとした名称で流通しているようだった。

手袋や靴下、ピアスなど、セットで使うものの片方が落ちているのは切ない。落とし主も気の毒だが、それより、離ればなれになった彼らについ感情移入してしまう。かわいそうに。きみたちは、もう二度と会えないのだよ。

落としもの物語を味わいながら、静かに通りすぎていく。大人ってどんなことを考えているんだろうと子供時代はよく思ったものだが、この程度のことであった。

会社員をしていた二〇代はじめの頃のこと。

友人らと集まって居酒屋に行った。その席に初参加の青年がやってきた。

「オレ、この子知ってる！」

彼は、わたしを見て言った。わたしは彼を知らなかった。聞けば、通勤途中で毎朝すれ違っているのだという。駅名を聞けば合っているが、そもそも大阪の中心部である。そんな人込みの中、目立つ容姿でもないわたしをなぜ覚えているのか。

「いっつもうつむいて歩いてるな、と思ってた」

と、彼は言った。

わたしは昔からうつむいて歩いているようだった。うつむいて歩いているから落としものに気づくのである。

昔、竹やぶで一億円を拾った人のニュースをテレビで見たとき、食事中の父が言った。

「ぼんやり歩いとったら一億円は拾われへん。落ちてるかもしれん思て歩いてる人だけが拾えるんや」

父の意見に感心した。しかし、そういう父は拾うどころか時計やらメガネやらいろんなものを紛失して生きているのであった。

わたしはうつむいて歩いて生きているが、ぼんやり歩いている。大金はわたしの前の人が拾い、わたしはその人が落としたほわほわのキーホルダーを発見するはずである。

夜雨子さんに似た人

東京の名園、六義園《りくぎえん》の紅葉を見た帰り、東京ドームシティに寄ってみようとなった。東京ドームシティには、東京ドームはもちろん、ショッピングモール、温泉施設、遊園地まで備わっている。

お化け屋敷もあった。ナマナマしいお化け屋敷である。テーマが「不倫」。ヤバイ匂いがする。

夜雨子《ようこ》さんというお化けがメインキャストのようだが、実は彼女、ぜんぜん悪くない。悪いのは夜雨子さんの夫であった。夜雨子さんの夫は不倫の末、夜雨子さんが邪魔になる。まずは話し合いなさいよ、と誰もが思うところだが、夫は夜雨子さんのおしろいに毒蛾《どくが》の粉を混ぜるというキテレツな行動に出る。なにも知らない夜雨子さんは、そのおしろいを使いつづけて顔がただれ、ついには夫とその愛人に殴り殺され……。

そんな経緯を把握した上で入場するお化け屋敷である。子供連れの一家が入っていった。小学生の息子と父親というコンビもいる。親子間でどういう説明がなされているのか。

チケットを買い、われわれは入り口に進んだ。美しい紅葉から一転、お化け屋敷。わたしの脳みそはこの状況についていけるのだろうか。

「ひとつだけやってほしいことがあります」

係の人からお願いされる。夜雨子さんの顔に薬をつけてほしいのだという。彼女の顔は毒蛾のせいでひどい状態だ。その手当てを客であるわれわれに託してくるのであった。

舞台となっているのは、夜雨子さんが殺された家だった。

チャイムを押し、玄関から入る。昭和の香りただよう磯野《いその》家のような日本家屋だ。廊下があり、客間もある。セットがリアルすぎる。やめてほしい。最初に靴を脱がされているので、本当に他人の家にあがったような感覚なのだ。

誰もいない。なにも起こらない。それがまた怖い。われわれは部屋から部屋へじわじわ前進した。

しばらくすると、夜雨子さんがちょこちょこ驚かしはじめてきた。気の毒な人なのは百も承知。キャーッとか言ってごめんね！　心の中で夜雨子さんに謝りながら逃げ惑う。

血みどろの事件現場も見せられる。しかし、あとには戻れない。一度中に入るとゴールまで行くしか道はないのだ。

ついにある部屋にたどり着いた。机の前で自分の写真を見ている夜雨子さんがいた。薬を塗ってあげるのは、この部屋の夜雨子さんである。くれぐれも他の夜雨子さんと間違えないようにと係の人に何度も念押しされていた。「机の前で自分の写真を見ている夜雨子さん」に、なんらかの仕掛けがあることがビンビン伝わってくるのに、こちらは彼女と接触しなければならないのだった……。

薬が置いてあった。頼まれたとおり夜雨子さんの左頬に塗ってあげた。案の定、ナニかが起こった。

そんなことより、わたしには他に気になることがあった。夜雨子さんがのぞき込んでいた机上の写真である。彼女は、毒蛾におかされていない頃の自分の写真を悲しげに見つめていた。切ないシーンだ。

夜雨子さんは人形だが、小道具に使われている写真は人間のようにリアルだった。それがわたしに似ている、という話になったのだ。

確かに似ていた。数年前に更新した免許証の写真とそっくり。この世には自分に似ている人が三人いるという。わたしは「夜雨子さんの写真」もカウントすべきだろうか。

夜雨子さんは、もはや制御不能になっていた。薬をつけてあげたというのに、その後も執拗《しつよう》に責めてきた。話が違うじゃないの、夜雨子さん。

長いお化け屋敷だった。二〇分くらい歩いたんじゃないか。夜雨子さんは忙しそうだったし、心なしか活き活きしていた。

キャーッ
夜雨子さんゴメン!!
アンタは悪くないョ

どうしようもなく疲れ果て

ナポリタンが食べたい。

なぜか無性に食べたい。

めちゃくちゃ食べたい。

そう思いながら歩いていたら、洋食屋さんらしき外観の店が前方に見えてきた。前のめりになって進めば、ショーケースに、堂々、ナポリタンのサンプル。

時刻は、平日の午後四時すぎ。客はまばらだった。窓辺のカウンター席に座る。

水を持ってきてくれた店員さんが、

「お決まりになりましたら……」

と聞いてくれている最中に、

「あ、ナポリタンお願いします」

かぶせるように注文した。

自分のてのひらをながめながら、ただナポリタンを待った。わたしは心身ともに疲れていた。一〇段階でいうところの、九くらい疲れていた。

世の中には、人前で疲れた顔ができる人とできない人がいる。わたしはできない。疲れた顔ができる人を前にオロオロし、ますます疲れる派だ。この派閥こそ、ここ日本において、かなり大きなものなのではあるまいか。

疲れた顔ができない理由とはナニか。疲れた顔をすると相手に気をつかわせてしまうから、であろう。面倒くさいやつだと思われたくない気持ちもある。逆に言えば、疲れた顔ができる人は、気をつかわれるのに気負いがないということ。「むしろ気つかえや。てか、面倒くさいヤツ上等！」くらいの太々《ふてぶて》しさがあるともいえる。オロオロ派のわたしたちが疲れた顔もできずに疲れ果て、フテブテ派は疲れた顔をした上で図太《ずぶと》くやっている。うらやましい限りである。

ナポリタンを待っているわたしの姿は、相当、暗かったと思う。

スマホの世である。

店に入って席に着き、ただ自分のてのひらを見ているだけの人は、まずいない。思うに、スマホやパソコンがない時代、人って案外、自分の手をよく見ていたのではないだろうか。

しばらくして、湯気をあげたナポリタンがやってきた。フォークでクルクルやってパクリと頬張る。

甘酸っぱいトマト味が、じわーっと口の中に広がった。

「おいしいね〜」

と、自分自身に言う（頭の中で）。途中、粉チーズとタバスコをたっぷりかけ、わさわさ食べた。

最後に紙ナプキンで口のまわりをふくと、気持ちがいいほどのオレンジ色。

これを額縁に入れて飾るとするなら、タイトルは、

「疲れ、ちょっと取れた」

以外ない気がした。

一緒に口紅もすっかり取れたが、塗りなおさずに店を出た。

見なれている
自分の手
見なれているから
安心する

テラスの隣でピクニック?

メニューの一番最初に「ピクニック」と書いてあった。

ピクニック?

レストランのホームページを眺めつつ、首をかしげる。どういうことだ? われわれは「ピクニック」の謎を解明するため、予約をし、地図をあっちむけこっちむけしつつ、そのレストランへとむかった。要は女子会である。

吹き抜けのテラスにはイスとテーブルがあった。ウェイティングスペースのようだった。座っておしゃべりしていると、案内役の店員さんがやってきた。

いよいよ、ピクニックがはじまるのか。

ついていった隣の部屋には、いくつかの台が設置されており、その上にしゃれた盆栽や花が置いてあった。どうやらこれで「森」を表現しているようだった。

森にはバスケットが置いてあった。指でつまんで食べるおつまみが入っている。スパークリングワインのグラスが運ばれてきて、小さな森でのつかの間のピクニックである。

ピクニックが終わると二階へと誘導された。レストランスペースは、着席型の一般的なスタイルだった。改めてみなでカンパイしていると、突如、卵黄が出てきた。それぞれの目の前のスプーンにポツンとひとつ。

コントなら観客が軽く笑うところだ。小学生なら絶対に爆笑している。しかしここは洒落《しゃれ》たレストラン。黙って座っていたが、これを料理と認めるほどお人好《ひとよ》しではなかった。これが料理なら、もはやむいたバナナも料理である。

そこへ注射器みたいなものを手にした店員がやってきた。その注射器に入っているトリュフソースを卵黄に注入するのだという。

プシュー。

卵黄はいっきに茶色に。色が変わった時点で料理と認めたわたしたちである。言われるがまま、パクリとひとくち。わずか五秒でおなかに消えていった。その後も不思議な料理が登場したが、どれも最初に口をついて出るのは「かわってる～」であった。

最後に引き出しがいっぱいある箱がやってきた。デザートがあれやこれやと入っていた。

子供の頃思い描いていた未来は車が空を飛んでいた。宇宙に届くエレベーターもあった。そこまでには至らなかったが、未来のレストランはあの頃の想像をひと山もふた山も超えていた。

オトナのピクニック?
考えた人も
楽しかったと
思います

クレープの焼ける車内ワゴン

新幹線の車内販売ワゴンを自分色に染めたいという夢がある。好物ばかりがぎゅうぎゅうに並べられているワゴンである。

限られたスペースである。品揃えをどうするか。なんでもかんでもというわけにはいかないのが悩みどころだ。

とりあえず、好物のフルーツサンドイッチは外せない。生クリームと季節の果物をたっぷり。他のおやつも食べたいので二切れほどの小パックで販売していただけるとありがたい。

アメリカンドッグもアリかもしれない。ワゴンに専用の保温ケースがついているのだ。保温といえば、映画館で食べるような陽気なポップコーンが並んでいるのも楽しい。味は、塩味とキャラメル味を半分ずつ。こだわって映画のパンフレット付きなんてのはどうか。架空の映画でかまわない。「ハリーポッターと秘密の新幹線」とか？

新幹線の座席で映画館感覚を味わうひとときである。

その場でつくってくれるおやつは贅沢《ぜいたく》すぎるだろうか。クレープを焼いてもらえたら……と考えただけで心が弾む。ワゴンの引き出しをひっぱると丸い鉄板が出てきて、クレープ生地を手際よく焼く様子を見つつ、ちらっと窓の外の富士山を眺めるのだ。ちなみに、東京から実家の大阪にむかうときは右が富士山側の席である。

そうだった。なにを隠そう、わたしはとろけたチーズが好きなのだった。チーズがとろけているだけで「ありがたや」と恐れ入るタイプである。なにせ、「アルプスの少女ハイジ」を見て「とろけたチーズ」に憧れた世代だ。割り箸に6Pチーズを突き刺し、灯油ストーブの熱で温めたものだ。「お姉ちゃん、まだ?」と小さな妹に聞かれ、わたしは言葉に窮《きゅう》した。ストーブの熱程度ではハイジのチーズは再現できなかった。「とろけたチーズ」をなんとか車内販売に加えられないだろうか。食パンにとろ〜っとのせてもらって、うわわーっと喜びながらそれを受け取る自分を思い浮かべただけでとろ〜っとなる。

旅の道中、お米も食べたいところだ。手軽なのはおにぎりだが、ここはあえてチャーハンで攻めたい。たまに無性に食べたくなるもののひとつである。熱々がいいなどと贅沢は言わない。そもそも冷たいチャーハンには冷たいなりのおいしさがあるのだ。とろけたチーズが冷えてカチカチになったピザパン、なんてのも結構好きなので、それもついでにラインナップに入れてもらおう。

自分ワゴンになに入れたい?

という話題は、飲み会の席にも重宝しそうな気がする。いろいろ出てくるはずだ。焼きとり焼いてほしいとか、夏なら氷けずってほしいとか。あれやこれやと巨大な車内販売が完成しそうであった。

本書は、朝日新聞連載「オトナになった女子たちへ」(二〇一五年三月八日~二〇一八年一二月二一日―1~5)、「今日、うまれた感情が宇宙だとしたら」(「文藝春秋」二〇一七年七月号―日記)に加筆・修正したエッセイと、三本の書き下ろしを、再編成したものです。

益田ミリ（ますだ・みり）

1969年大阪府生まれ。イラストレーター。主な著書に、『今日の人生』『ほしいものはなんですか？』『みちこさん英語をやりなおす』『そう書いてあった』（以上、ミシマ社）、『すーちゃん』シリーズ（幻冬舎）、『沢村さん家』シリーズ（文藝春秋）、『僕の姉ちゃん』シリーズ（マガジンハウス）、『マリコ、うまくいくよ』（新潮社）、『こはる日記』（KADOKAWA）、『永遠のおでかけ』（毎日新聞出版）など。絵本に、『はやくはやくっていわないで』（第58回産経児童出版文化賞受賞）『だいじなだいじなぼくのはこ』『ネコリンピック』『わたしのじてんしゃ』（以上、平澤一平・絵、ミシマ社）などがある。

しあわせしりとり

2019年4月25日　初版第1刷発行

著　　者　益田ミリ

発 行 者　三島邦弘
発 行 所　（株）ミシマ社
郵便番号　152-0035
東京都目黒区自由が丘2-6-13
電話　03-3724-5616
FAX　03-3724-5618
e-mail　hatena@mishimasha.com
URL　http://www.mishimasha.com
振替　00160-1-372976

装画・挿画　益田ミリ
装　　丁　大島依提亜
印刷・製本　（株）シナノ
組　　版　（有）エヴリ・シンク

ISBN　978-4-909394-20-0